ルミネッセンス

Contents

装幀　アルビレオ

装画　Thierry Feuz
"Black Atlas I"
Lacquer and acrylic on canvas
190 × 140 cm
2008
Private Collection, Copenhagen (DK)

トワイライトゾーン

偏差値があまりよろしくもない女子校の数学教師になって、もう三十年近くになる。目眩《めまい》がするような長い、長い時間だ。

結婚は一度したが、子どもはおらず、バツイチのまま五十代も半ばに近づきつつある。

高校一年の数学の時間。自分は教師の仮面をつけて教壇に立っている。授業を熱心に聞いている生徒は数えるほどだ（最前列に座っている生徒を除いて）。それ以外の生徒は、爪を見たり、携帯を隠し見たり、教科書は開いているが心ここにあらず。時には、スカートを太腿《ふともも》のあたりまでずり上げて、こちらの反応を窺《うかが》っている生徒もいるが、そんな存在をなきもの、にしてしまうことにも慣れた。教壇の上に生理用品を置かれるいたずらなど、少しも心が動かない。自分の感情、というものを心の奥深くに隠して、目の前の数字や数式だけに目を向ける。教えていることに熱中する振りをする。そうして時間をやり過ごす。

黒板に書いた数式を三人の生徒に解かせる。

一人はいとも簡単に答えを書いて着席し（最前列の生徒だ）、一人は黒板の前で微動だにしない（不登校気味の清田《きよた》という生徒）。最後の一人は「できねーよ、こんなの」と言いながら勝手に席に戻る。黒板の前には清田一人が残された。

途中までの式は合っている。ひとつヒントを出すと、「あ！」という顔をして、正解を導くまではあっという間だった。「正解」自分がそう言うと、清田の頬が赤く染まる。こんな生徒だけを相手にしていられればどんなに楽しいか。

「できねーよ」と問題を放置した生徒の数式を解く。

「馬鹿にもわかるように説明してくださいよー」教室の後ろのほうから声が飛ぶ。

そうはいってもこれ以上、かみ砕いて説明することもできない。それでも、わかりたいのか、ということにかすかに感動しつつも、終業のチャイムが鳴り、ほっとする。

「もっとわかりたい人は職員室に来て」

誰も来ないだろうということはわかっていても、あえて、言う。そうしてやっぱり職員室には誰もやっては来ない。期待もしないから落胆もない。そういう心持ちは、七年で破綻した結婚生活と、三十年近い教師生活で自然に身についたのだろうと思う。

東京を横断するように電車と地下鉄を乗り継いで、神奈川のはずれにある実家に向かう。駅前のスーパーマーケットでとりいそぎ食べられそうなものをプラスチックの籠《かご》に放り込む。重いエコバッグを抱えながら、駅からバスに揺られて十五分。巨大な団地群が見えてくる。低層の団地がドミノのように並んで、長い影を地表に伸ばしている。築何年になるのだろう。団地は古ぼけて、昭和という時代だけを深く刻んでいるような気がする。老朽化した団地群は、巨大な象の墓場のようにも思える。自分が育った場所とはいえ、十歳以降の、少年時代のほとんどをここで過ごしたのか、というかすかな失望も生まれる。

バス停から敷地のなかを十分ほど歩き、母の住む棟へと向かう。

母が右足首をひねったのは三カ月前のことで、八十を超える年齢のせいなのか、その治りは一進一退をくり返していた。金曜日の夜に母の住む団地に帰り、日曜日の夜には東京東部にある自宅のマンションに帰る日々が続いていた。平日はこの団地のそばに住む妹が面倒をみ、「週末はお兄ちゃんね」と一方的に決められた。反論する余地もない。

杖《つえ》を使わなければ歩くことのできなくなった母の体を支えながら、トイレに連れていき、食事を用意し、風呂の介助をする。その合間には家事もこなす。いずれやってくる介護生活の予行演習か、と思えば、腹が立つこともなかったが、それ以上に気を滅入らせるのは、会うたび、母が老いていく、という事実を見せつけられることだった。

同じ話を何度もくり返す。そのほとんどは、これまでの人生で自分がどれだけ酷《ひど》い目に遭ってきたか、という話だった。

「父さん、結局、一人で死んだらしいわね。いい気味よ」

両親は自分が十歳のときに離婚し、私と妹は母に引き取られた。

そうして母と自分と妹は、母の実家の近くにできたこの団地で生活を始めた。母は栄養士として働きながら、私と妹を育てたが、そばには祖父と祖母がいたので、母子家庭にありがちな寂しさはあまり経験したことがない。

自分の記憶のなかでは、父は腕のいい大工であったが、酒と女の人が好きな人でもあった。自分の知らないところで、酒をたくさん口にすると、母に暴力をふるったこともあったらしい。離婚後、自分は父と会うことはなかった（それは母の希望であったのだろう）。母と別れた父はすぐに再婚し、子どもを二人もうけた、と風の噂《うわさ》で聞いた。そんな父も三年前に癌《がん》で亡くなったらしい。

「諒一《りよういち》は年をとるごとに、父さんに似てきて憎らしいわ」

そんなことを言われても自分ではどうしようもできない。

夕食を母にとらせたあとは、浴室の外で母の入浴が終わるのを待った。転倒予防のためのバーは壁についてはいるが、何が起こるかわからない。風呂から上がれば、母のパジャマの着替えを手伝い、濡《ぬ》れた髪をドライヤーで乾かした。居間の横にある母の寝室のベッドに母を寝かせる。すぐに軽いいびきが聞こえてくる。襖《ふすま》を閉め、シンクの前で汚れた皿を洗いながら、ふうううっと深いため息が肺の奥から出る。

「お兄ちゃん、母さんといっしょに住むことも考えてみてよね」

さっき電話で言われた妹の言葉が両肩に重くのしかかってくるような気もする。この団地から学校まで通勤するのは現実問題として難しい。どこか施設に入れたとしても、いったいいくらかかるのか。その前に、母がこの世から……。茶碗《ちゃわん》についた泡を水で流しながら、その先の想像を自動的に止めた。

「ねえ……もしかして中畑《なかはた》君じゃない？」

母の家に帰っていた週末、スーパーマーケットの出口で見知らぬ女に声をかけられた。こめかみと頭頂部に白いものが目立つ。随分と年齢が上の女に見えた。

「私、駅前にある文房具屋の水野《みずの》だけど」

「あっ」と笑顔を作りながら、彼女の昔の面影を見つけることができない。確か水野とは同じ中学の同級生だったはずだ。

「こっちに帰ってきてるの？」

「母が怪我《けが》して、それで、毎週」

「親孝行じゃない」笑う水野の目尻に深い皺《しわ》が寄る。自分も老いた顔を水野にさらしているのかと思うと、笑顔が強《こわ》ばる。

「こっちにまだいる子も多いのよ。戻ってきた子もいるしね。……ねえ今度の週末、みんなで集まるんだけど、よかったら来ない？」

返事を迷っている間に、いつの間にか、水野がレシートを自分に差し出している。

「携帯教えて。私の電話番号はええと」

水野がもう一枚のレシートの裏に自分の番号を書く。ペンを借りて、自分の携帯番号を書き、水野に渡した。

「場所と時間は、改めて送るね。じゃまた」

それだけ言うと、水野は両手に荷物でいっぱいのエコバッグを持ち、さっさとスーパーの駐車場のほうに歩いていってしまった。同窓会というものが嫌いで、できるだけ避けて生きてきたのに、不意討《ふいう》ちだった。母の具合が悪いとでも言って欠席しようと、そのときは思っていたはずなのに、それでも、やっぱり行ってみようか、と思ったのは、週末二泊三日、母とふたりきりで過ごす団地生活に息苦しさを感じてもいたからだった。

水野がメッセージで送ってきたのは、駅前の歓楽街にある大型チェーンの居酒屋の場所だった。店に向かうまでやっぱり欠席しようか、と迷ってもいて、ぼんやりしながら、歓楽街をあてもなく歩いた。原色のネオン、ビートの速い音楽、黒服の客引き、キャバクラ、居酒屋、バー、スナック……。歓楽街にあるものは一通り揃《そろ》っているのに、どこか寂れた感じが色濃い。団地と同じように時代に取り残された一角という気がして、やはり、墓場、という言葉が浮かぶ。この町には教員になるまで住んでいたけれど、この一角には縁もなかった。十分も歩けば、歓楽街の終わりに辿《たど》りついてしまう。腕時計を見る。集合時間には十分遅れている。えい、と心を決めて、店に足を向けた。

「中畑くーん、こっち、こっち」

店のドアを開けると、座敷席の一角で固まっているグループに声をかけられた。その声の主である女性が誰ともわからぬまま、靴を脱いで、そちらに向かった。

「中畑ー、久しぶりじゃねえか」

席につくと、隣に座った男に首に腕を回された。彼が石崎《いしざき》だということはわかった。同じ卓球部で、監督の先生のビンタを受けていた仲間だ。男と女、自分も合わせて八人ほど。皆、同年齢と言われても信じてもらえないほど、年齢を重ねた者もいたし、若いときから変わらぬ者もいた。男は時間が経《た》つにつれ、だいたい誰が誰だかわかってきたが、わからないのは女性だった。隣にいる石崎が、ひそやかな声で一人ひとりの旧姓とプロフィールを耳元で呟《つぶや》く。

「福沢夏子《ふくざわなつこ》、ほら、テニス部だっただろ。親と同居中。子どもはいない」

「吉岡礼子《よしおかれいこ》、勉強ができたよな。確か子どもが二人いたはず。駅前のスーパーでパート中」

そう言われて記憶が蘇《よみがえ》ってくることもあったが、こんな同級生がいたっけ、と思うこともあった。脳の加齢を意識せざるを得なかった。

「石崎はどうなんだよ?」思わず聞いた。

「父親の内装業を引き継いだ二代目、子どもは三人。いちばん上の子どもは大学生。おまえは?」

「バツイチ。子どもはいない。女子校の教師」

そう言うと、「最高じゃん」とグラスを私のグラスにぶつける。今日集まった同級生たちはほぼ皆、家庭を作り、子どもをもうけていた。まるでそれがこの世界で生きるための義務であるかのように。家庭持ちでないのは、自分と、やはり離婚をした水島《みずしま》という同級生だけだったが、彼女はひとまわり下の男性ともうすぐ再婚するのだという。その日もどこか痛々しい若作りをした（派手なネイルやバサバサの睫《まつげ》に、女として終わっていない、という強い意志が感じられた）彼女の話題で持ちきりだった。

石崎と卓球部時代の想い出話をするために、自分たちは話の輪から離れ、二人だけでテーブルを囲む形になった。石崎が酒をオーダーするたびに、私の分の酒も注文するので、水のように薄いチューハイでも酔いがまわってきた。普段、一人で酒を呑むこともない。この前、呑んだのはいつだっけ、と記憶を辿っても思い出せない。石崎がぽつりと言った。

「おまえ、ひとまわり上の女と結婚したいか」

「……ひとまわりも何も、結婚がそもそも自分には無理だったから」

「一人は気楽でいいよなあ」

枝豆の莢《さや》を口にしながら石崎が言う。

「孤独死が待ってるだけだぞ」

「子どもがいたっておなじさ。子どもなんて、ハイリスク、ローリターンだと、誰も教えてくれないからさあ。なんで、子どもを持つことを疑わずに作ってしまったんだろうなあ」

　酔いに滲《にじ》んだ赤い目を石崎が擦《こす》りながら、さらに言葉を続ける。

「人生って長いよな……長すぎるよ。俺はもう飽きちゃった」

「まあね、このあと何年生きるってわかれば、生きようもあるな」

「五十過ぎまで生きてきて、まだ半分、って言われたら、俺は怒るよ」

　声を潜めて、自分と石崎がそんな話をしているのと対照的に、女たちがはしゃいでいるのが異様な光景にも見えた。学校でも耳にしたことのある韓流アイドルの話題で盛り上がっている。そんな女たちを見ていると、男とは根本的に違う生きものなのかもしれないな、とも思う。学校でもそうだ。目の前にいる生徒が同じ人間だと思えないときが確かにある。

　この夜は存外に呑んでしまったようだった。そして、疲れてもいた。「キャバ行くぞ、キャバ」という石崎から逃げ出すようにして、「じゃあ、またな」とだけ言って彼らの群れから走り去った。どこに行こうというわけではないので、さっき歩いた歓楽街をまた、そぞろ歩く。このまま団地にも帰りたくはなかったが、性のにおいのする場所になど行きたくはなかった。できたら、深煎《ふかい》りの熱いコーヒーが一杯飲めればいい。チェーンのカフェでないところで。少し酔いが醒《さ》めればいい。

　そう思いながら歓楽街の終わりに一軒の店を見つけた。酔っている頭で何をどう勘違いしたのか、その店を純喫茶か何かの店だと思った。黒い木のドア、目を凝《こ》らさなければわからない小ささの明朝体《みんちょうたい》の文字で、「金星」と書かれている。酔いにまかせてその重いドアを開けると、目の前に重厚なバーカウンターがあって面食らった。酒が呑みたいわけじゃない、と踵《きびす》を返そうとした瞬間に、カウンターの向こうの少年に、「いらっしゃいませ。どうぞおかけになってください」と言われて、帰るに帰れなくなった。仕方なくカウンターの真ん中に座る。小さな音でチェット・ベイカーのか細い歌声が聞こえた。店のなかは各所が鼈甲色《べっこういろ》のランプで照らされてはいるが滅法暗い。暗闇に目が慣れて、まわりを見回すと、カウンターの端に若い男女のカップルが座っているのが見えた。カウンターだけの店でそれ以外に客はいない。

カウンターには少年が一人、カウンターの隅に自分と同じくらいの年齢の恰幅《かっぷく》のいい女性が目を閉じて煙草《たばこ》を吹かしている。ぎょっとしたのは、少年の若さだった。未成年を働かせるわけがないから、それなりに年齢を重ねているのだろうが、どう見ても十五、六にしか見えない。自分の生徒と同じくらいの年齢だ。

まず目に入ってきたのが、グラスを磨くその細くて白い指で、指先の短い爪には蛍光レモンイエローのネイルが施されている。次に目に入ったのが、白いシャツ、一番上のボタンを外した場所から伸びる細くて長い首だった。多分、化粧を施しているのだろうが、透き通るような白い肌に、まるで手を入れていないかのように自然に見せている眉毛、彫刻刀で切り込みを入れたような二重の線、細い鼻梁《びりょう》、その下の唇は茱萸色《ぐみいろ》でぽってりと赤い。こんな顔をした若い歌舞伎役者がいたような気がするが、名前を思い出せない。

聞いてもいないのに、少年はヒカルと名乗った。どんな文字で書くのかもわからない。

熱いコーヒーは諦めて、タリスカーのウイスキー・ソーダを注文すると、カウンターの隅に座っていた女が酒を用意する。ヒカルはバーテンダーではなく、客の話相手としてカウンターに立っているようだった。

「お客さん、ここ、初めてですよね。お仕事、教授か何かですか？」

教授というのはあきらかなおべっかだとわかってはいたが、初対面の少年に教師だと見抜かれるほど、自分から教師臭のようなものが出ているのかと思えばぞっとした。

「……数学の、教師」

「へえ……数学の、って聞いただけで頭が痛くなりそう。僕はもう三角形の面積でつまずいたから……」

そう言いながら、ヒカルがカウンターの上の水滴に指を滑らせ、小さな三角をいくつも描く。最後にはそれをてのひらで消した。

「大学生？」

そうではないとわかっていて、あえて聞いた。

「学校には縁がないんです。ただ、勉強はもう少ししたかったかな」

そう言うヒカルをカウンターの端にいた女が睨《にら》む。ヒカルと女がどういう関係かはわからないが、余計なことを話すな、と女の視線には怒りが滲んでいる。

それからはヒカルとも話さず、ただ、黙って酒を呑んだ。これから団地に帰っていくことを思うと、憂鬱が胸のうちに広がったが、今日、帰る場所はそこしかないのだ。小一時間ほどカウンターに腰を下ろしていたが、自分以外の客は入ってはこなかった。カウンター端のカップルは小さな声で何かをずっと話し続けている。勘定を済ませると、女から釣り銭と共に真っ赤なマッチの箱を渡される。開けてみると、なかには芯も軸も真っ赤なマッチがみっちり詰まっている。女が囁《ささや》いた。

「必要なときは三本のマッチ棒を」

まったくもって意味は不明だ。

「先生、また来てくださいね」

ヒカルに送られながら店の外に出る。街灯の下で見るヒカルは十五、六ではなく、もう少し年齢が上に見えたことにほっとした。ふらつく足で再び灯《あか》りの消えた歓楽街を通り抜け、駅前でタクシーを拾って団地に帰る。もう深夜といってもいい時間だった。

団地の敷地には誰もいない。目の前の棟を見上げても、ほとんどの部屋で灯りが消えている。まっすぐ母の眠る棟には帰りたくなくて、その途中にある小さな公園に寄り、冷たいベンチに腰を下ろした。ちりちりという秋の虫の音が鼓膜を震わせる。煙草が吸いたい、と思ったけれど、そもそも煙草は結婚を機にやめていた。甘い缶コーヒーが飲みたい、と思ったけれど、近くに自販機もない。上着のポケットに手を突っ込んだ。かたい小さなものが手に触れた。金星でもらったマッチの箱だった。

赤いマッチを一本取り出して火をつける。指先ぎりぎりまで炎が近づいてくる。炎が指先に触れる直前で地面に落とし、靴で炎を消した。「必要なときは」の意味がなんとなくわかったような気がしたが、「まさか」と思う。いくら寂れた歓楽街の店だとはいえ、そんな商売をおおっぴらにするものだろうか。

ここからは人影は見えないが、どこか遠くからスケートボードを滑らせるようなシャーッという音だけが聞こえてくる。鬱屈にはほど遠い軽い音だけれど、こんな夜更けに、わざわざ部屋を出て、スケートボードに乗る、という行動の裏側に鬱屈がないわけがない、と思ってしまうのはこっちの勝手な思い込みだ。このマッチにしたってそうだ。これはただのマッチ。金星というあの店そのものが劇場のような店だった。女もヒカルの在り方も、どこか芝居じみている。女が口にしたただの台詞《せりふ》。そう自分に思い込ませることは簡単だ。幾年もの教師生活で身につけた。けれど、金星という店が、週末の自分にとって、休符のような存在になるだろうと思ったのも確か。母との暮らしに大きな風穴を開けてくれるだろう、という予感がした。

「先生、保健室に」

授業も終わりにさしかかった頃、不登校気味の生徒（とはいえ、最近は頑張って登校しているようだった）清田がふらりと立ち上がり、青い顔をして自分に近づいてそう言った。その瞬間、ぐらりと体が崩れ落ちた。直前で清田の体を支えたので、床に頭をぶつけることはなかったが、自分の腕のなかにある清田の体はくんにゃりとしていて、どこにも力が入っていない。それでも、清田は口を開く。

「先生……すみません。気分が悪くて」

「わかったから、話さなくていいから」

と言ったものの、このまま清田を抱きかかえて、校舎一階の端にある保健室に行くのは難しそうだった。

「保健委員、誰」

そう言うと、二人の生徒が立ち上がった。生徒を手招きし、清田を自分の背中に背負わせた。自分の首の前にある清田の両手首を生徒一人に持ってもらい、もう一人の生徒に清田の体を支えてもらう。前屈《まえかが》みでゆっくり歩けば、なんとかなりそうだった。二人の生徒と共に教室を出る。

「やっべ、なんか萌《も》え。うらやましす」という下卑《げび》た声が聞こえた。

三階の教室から一階まで、階段を降りるのは難儀だったが、そもそも清田の体が綿でも背負っているように軽かったから、なんとか保健室まで辿りつけた。保健委員の生徒二人に礼を言い、教室に戻るように伝える。保健室の田村《たむら》先生に手招きされ、清田をベッドに寝かせる。田村先生が手首をとって脈をとろうとする。

「多分、貧血だと思いますけど、あら」

彼女が清田の左手首を持って見せる。乱暴に巻かれた包帯にうっすらと血が滲んでいる。

「また、やってしまったか」田村先生の声はどこにも悲愴《ひそう》感がなかった。

そのとき咄嗟《とっさ》に湧き上がってきたのは、厄介ごとに巻き込まれたくはない、という思いだった。清田の担任ではないのだから、自分が踏み込む問題でもない。けれど、そう思うと同時に、自分に対する失望が心のなかを侵食していくのも事実なのだった。

教師ってなんだろな。ごろん、とした石のような疑問が、常に自分の心のなかで揺れている。若い頃は、そう、教師になりたいと思っていた頃や教師になりたての頃は、生徒の心に寄り添いたいと思っていた。けれど、生徒の人生に寄り添うことなど、所詮限度がある。無理なことだと悟ったのは、いったいいつの頃からだろうか。背負いきれないものを最初から背負おうとするポーズを見せることは欺瞞《ぎまん》だ。結局、最後は、生徒が失望して終わる。だから、つかず離れず、生徒の人生に寄り添うなんて大それた夢は最初から持たず、ただ、生徒の頭に新しい知識を詰め込むだけでいい。教師ができることはそれだけだ、とどの時点で自分は思ったのか。

自分が保健室のベッドの脇に突っ立っている間にも、田村先生は、清田のシャツのボタンを外し、彼女に顔を近づけて、何かを話しかけている。清田の首筋の若さに思わず目を逸《そ》らし、カーテンで仕切られた空間の外に出た。清田の首筋から連想したのは、ヒカルの白い首筋だった。その画像はふいに自分の頭のなかに浮かび、まるでそれが目の前にあるかのように、ちらついた。

欲情という情動からは自分はもうはるかに遠い。そもそも学校という場所のなかで、教師という役割を演じているときには、そのスイッチを強引にオフにしている。学校でそんな役割をこなしているうち、私生活でも、そんな自分になってしまった。自分の年齢を考えれば自然なことだと思ってもいた。

けれど、金星というあの店に行ってから、ヒカルという少年が自分のどこかに根を張った。もちろん、性的な思いでも、曖昧模糊《あいまいもこ》とした恋、という感情でもない。そもそも自分は同性に恋愛感情を抱いたことなど一度もないのだ。ただ、ヒカルにもう一度会いたい、という強い思いだけが自分を支配し始めている。授業中でも、職員室にいるときでも、ヒカルの顔の記憶を反芻《はんすう》している自分がいた。そのことが不可解でもあった。

「清田さんのことは担任の先生にご報告しておきますね」

ぼんやりと突っ立ったままの自分に、田村先生が言った。まるで、おまえはここから先は入ってくるな、と言っているような感情を伴わない声だった。

「あなた、これから一人でどうするの？」

それは週末の団地、母と二人で向かい合わせにとっていた食事の最中のことだった。

「どうするって、定年まで勤めて、そのあとは知り合いの塾にでもやとってもらおうと思っているよ」

「そうじゃなくて、あなた、死ぬまで、一人で生きていくの？　諒一が一人で老人になっていくかと思うと、私、眠れやしないわ」

そう言って涙も出ていないのにしきりに目を擦る。何を今さら……と思いながら、すっかりぬるくなってしまったインスタントのコーヒーを飲んだ。

元妻、美沙《みさ》との結婚生活。それは二十代後半から七年続いた。母の存在がなければ、あの結婚生活は今でも続いていたのではないか、という心のしこりがある。

昔から母は愛が過剰な人だったが、父と別れたあとは、その愛情のベクトルがすべて自分（そして妹）に向けられた。離婚後、一人で子どもを育てていく、という気負いもあったのかもしれない、と今になって思うが、あの頃の母の愛の過剰さは、私が結婚したあとも変わらなかった。しばしば母は美沙と自分が住む部屋を訪れ（ときには連絡もなしに）、部屋の隅に落ちていた一本の髪の毛や、窓の桟のほこりを嫌みたっぷりに指摘しては、おとなしかった美沙を泣かせた。

時折、美沙と共にこの団地の部屋を訪れれば、母はいつでも果物の皮はすべて剝《む》いて、実だけを自分に渡した。美沙に指摘されるまで、自分にとってもそれはごく自然なことだった。

「あなたとお母様の関係ってなんだか……」

そう言った美沙の一言から、自分と母との愛情関係の歪《いびつ》さに初めて気がついた。それからは母を避け、滅多なことでは母を美沙と暮らす家に入れなかった。けれど、美沙との間に生まれたかすかな亀裂は日増しに大きくなっていくだけで、それは離婚という局面を迎えるまで修復されることがなかった。

いったい、あの結婚とはなんだったのか。一瞬でも、美沙と添い遂げたいと思った自分がまるで他人のように思える。今は誰にも自分に近づいてほしくはないし、自分も誰かに近づきたいと思わない。面倒をみている母にもそう思う。風呂に入るように促して、会話を断ち切る。母は不満げだが、しぶしぶ風呂に入る。母の濡れた髪を乾かしながら、一刻も早く眠ってくれないか、と思う。母が寝息をたて始めたのを確認して、部屋中の灯りを消し、外に出る。虫の音が響くばかりで、人の気配はない。不穏な暗闇がどこまでも広がっている。それでも自分は、団地の敷地を足早に歩き、大通りに出て、手を上げてタクシーを停《と》め、金星へと向かう。

幾度か金星に通ってわかったことがあった。ヒカルを買っていく男がいる。いつかの週末、隣に座っていた男が、マッチ三本を無言でカウンターに置いた。ヒカルがマッチをつまみ、女に渡す。ヒカルはするりと、カウンターの下を潜《くぐ》り、男と店を出ていく。ヒカルの顔は見られなかった。視線をカウンターに落としたまま、薄くなったウイスキー・ソーダを口にする。ドアの向こうで車の停まる音、そして、走り出す音が聞こえる。店のなかには自分と女だけが残された。

「お酒、次は何を?」まるで明日の天気は? という口調で女が尋《たず》ねる。

「本気ですか? 許されると?」

「ここは金星ですからね」

ぬるりと問いをかわされた気持ちの悪さが腹の底で怒りに変質する。

「警察……」

そう言うと女が乾いた声で小さく笑う。

「あなたはここに来ても、先生なのですね」

それきり、女は何も言わない。どこかに隠すように置いてあるスピーカーから、ジョン・コルトレーンのサクソフォンの音だけが店のなかに響く。

「ラガヴーリンをロックで」

おやおや、という顔で女は立ち上がり、カウンターの後ろの棚から瓶を取り出し、氷を入れたグラスに注いだ。今、ヒカルがどんな目に遭っているかと思うと、喉の奥が焼けるような強い酒が呑みたかった。どんな目に遭っている？　そんなふうにヒカルを被害者だと決めつける心持ちも、自分が教師だ、という驕《おご》りからきたものかもしれず、割り切れない気持ちはすべて酒と共に自分の奥深くに流しこんだ。

その日から、電車のなかで、学校へ行く道すがら、自分のマンションに帰る道で、自分はヒカルに似ている人間を見つけてしまうのだった。すれ違いざま、似ている人間の顔をじっと見てしまう。似ても似つかない人間がそこにはいる。こんなところにヒカルはいない、と自分を納得させるように頭《かぶり》を振る。そんなことを愚かにもくり返していた。

週末、母のための買い物をしたあと、駅前のショッピングセンターの最上階にある書店に寄ったときだった。店のいちばん奥、学習参考書やドリルがあるコーナーを通り過ぎたとき、自分の頭のなかにいるヒカルがそこにいた。まさか、と思いながら、足を速める。また、人違いに違いない。この頃の自分はどう考えても少しおかしい。しかし、地元の書店ならばヒカルがいてもおかしくはない、と思い直して、再び元の場所に戻った。確かにヒカルがそこにいた。化粧をしていないせいなのか、その顔には生気がなかった。古ぼけた重そうなコートを着て、なぜだか小学生の算数ドリルを見ている。ヒカルだ、と確信を持ったのは、その指にレモンイエローのネイルが見えたからだった。棚の陰からヒカルを見つめた。あまりに熱心にヒカルはドリルを見、学習参考書を手にする。小学生から勉強をし直すつもりなのか？　そう思えば、その姿は滑稽で哀れにも思えたが、一教師として生きてきた自分の心のどこかに火を灯《とも》したことも事実なのだった。店の外で会う口実ができた、と狡猾《こうかつ》に思ってもいた。

指にエコバッグの紐《ひも》がめり込んで、荷物を持ち替えた一瞬、顔を上げたら、もうヒカルの姿はなかった。あれは本当にヒカルだったのか。コートのポケットに手を突っ込んだ。マッチの小さな箱が指先に触れる。火がついているわけでもないのに、その箱を熱く感じた。自分の指先が熱いのかもしれなかった。

結局、その書店で自分は小学生用の算数のドリルを全学年分買った。教師としてなら、ヒカルにこれからも会うことができる。ポケットのなか、指先でどうにか箱を開け、マッチの束に触れた。

そうして、その日の夜、私はカウンターでマッチ三本を差し出したのだった。

女がどんな表情も浮かべていない顔でマッチを受け取る。女の表情と裏腹に、あきらかにかたい表情になったのはヒカルだった。それでも、ヒカルはカウンターの下を潜り抜け、自分の体に寄り添う。ヒカルはやってきたタクシーを片腕を上げて停め、行き先を告げた。車のなかではヒカルも自分も何も言わなかった。タクシーはどうやら歓楽街からだいぶ離れた山の頂上あたりにあるモーテルを目指しているらしかった。ぐるぐると螺旋《らせん》状に山を登っていくタクシーの運転に少し気分が悪くなった。ようやくモーテルに着いて、タクシー代を自分が払い、車の外に出た。駅前よりも気温が低いのか、空気が冷たい。ヒカルはシャツ一枚でコートすら身につけていない。慌てて部屋に入るヒカルのあとを追った。

「先生も普通の男なんだなあ……あ、時間は二時間。それ以上は延長になるから」

ヒカルがシャツのボタンを外しながら、ベッドに体を横たえる。その姿を視界に入れないようにして、自分はベッドの上に紙袋を置いた。そのなかから一冊のドリルを取り出し、部屋の隅にあるテーブルセットの椅子を引く。

「勉強なんて何歳からでもできるんだ。わからないところがあれば教える。さあ」

「冗談でしょ先生」

「ほら、何年生から始めるか。繰り上がりの計算はわかるか？」

小学一年生用のドリルをめくりながらヒカルに尋ねた。

「馬鹿言わないでよ。九九だって言えるのだから」

「なら、三角形の面積、小学五年生からだ」ドリルの束のなかから一冊を取り出し、テーブルの上に広げる。ヒカルの腕をとって立ち上がらせ、半ば強引に椅子に座らせた。シャープペンシルと消しゴム、赤いペンを自分のペンケースのなかから取り出す。ヒカルは自分の顔と、ドリルを交互に見ている。今、自分は教師の顔をしているだろうと思う。ヒカルの動揺を無視して、自分は彼に三角形の面積を求める方法を教える。ヒカルが自分の顔を見上げて言った。

「ねえ、これって、そういう先生の趣味なの？　僕に勉強をさせて、それで」

「そんなわけがない」

ヒカルは三角形の面積の求め方をすぐに理解した。応用問題も難なくこなす。地頭が悪いわけではない。足りないのは集中力だった。二十分もすると、手にしていたシャープペンシルを机の上に投げ出した。

「もう疲れちゃった」そう言って立ち上がり、ベッドに体を横たえる。

自分はヒカルが座っていた椅子に座り、その顔を見た。

青い血管の浮いた薄い瞼《まぶた》に、細かなラメが天井の灯りを照り返している。濃い睫が瞼を縁取っていた。寝息は聞こえないが、眠ってしまったようだった。ひどく疲れた顔をしている。金星という店以外で、ヒカルがどんな生活をしているのか、自分は何も知らない。けれど、それは、金銭的にも時間的にも、余裕のある楽しい生活だという気がしなかった。時間ぎりぎりまで眠らせておこうと思った。ヒカルの顔になぜだか、この前の保健室のベッドで眠っていた清田の顔が重なった。ヒカルの事情も、清田が不登校している事情も自分は知らない。こんなに若いのに、二人ともひどく疲れた顔をしている。なぜだか、そのとき、いつか店の女が口にした「ここは金星ですから」という言葉が耳をかすめた。ここが金星ならば、ヒカルも清田ももっと生きやすくなるのだろうか。

「先生……」

眠っていると思っていたヒカルが目を閉じたまま口を開き、ベッドの横を叩《たた》く。ヒカルのそばに行くことには躊躇《ちゅうちょ》したが、

「先生も少し眠って。先生も疲れているのでしょう」

そう言われて、ヒカルから少し離れた場所に体を横たえた。

しばらくすると、ヒカルが私の体に近づいてきた。ヒカルが私の首に細い腕をまわし、首筋に顔を埋《うず》める。ヒカルの長い足は私の体にからみついていた。香水なのか、ヒカルの体臭なのか、どこか刈ったばかりの草むらを連想させるにおいが鼻についた。その香りが、誰かと今、抱き合って眠っている、しかも金を払って、という事実を目の前に突きつけているような気がした。ヒカルや清田のことを思っているようでいて、いちばん疲れていて、孤独なのは自分だ。そう思いながら、携帯のアラームをかける。こんな部屋でこんな状況で眠れるものか、と思ったけれど、存外、眠りは瞬く間にやってきて、自分をその世界にひきずり込んでいった。体中の細胞を慰撫《いぶ》し、時間を逆回転させて、心を健やかにするような深い深い眠りだった。

携帯のアラームで二人同時に目が醒めて、ヒカルが自分の頬に口づけをした。それだけで舞い上がるような純真さはもう持ち合わせていなかったが、予想外に頬は赤らんで、それを隠すようにヒカルに背を向けた。ヒカルがそう安くはない金額を口にする。黙って金

を渡す。ヒカルはそれをパンツの後ろポケットに突っ込みながら、
「勉強を教えてお金を払うの？　先生はどれだけ教えることが好きなの？」
と言われ、何も言い返せなかった。いったい自分はこんな場所で何をしているのか？　その答えなど永遠に出ないような気がした。

ヒカルはタクシーを二台呼び、一台に乗ってどこかに帰っていった。再び金星に戻るのか、また客をとるのか、それすらわからない。車が発進する直前にヒカルが自分の顔を見た。なんの表情も浮かんでいない顔だった。けれど、その顔を見たら、自分の心のどこかがかきむしられるように痛むのだった。恋、などでは断じてない。自分に言い聞かせる。どんな気持ちに近いのか、と問われれば、死に別れた子どもに会うような気持ち、と設定しておけば後ろめたさはない。実際のところ、美沙との間に子どもがいれば、ヒカルくらいの年齢の息子だったとしても不思議ではないのだから。強引にそう自分に言い聞かせて、タクシーに乗り、団地の名を告げた。

そうしてその夜から、週末は金星に通ってヒカルの顔を見ながら強い酒を呑み、二週間に一度のペースで三本のマッチをカウンターに出して、ヒカルとモーテルに向かい、その部屋で勉強を教えた。

すぐに飽きてしまったのは初日だけで、私が本当に勉強だけを教えるつもりである、と

いうことを理解したのか、二回目からはヒカルは従順な生徒になった。小学校のドリルはすぐに終えてしまい、中学に進んだ。数学だけではなく、漢字ドリルも与えた。こちらは、なんの問題もなくクリアしてしまった。

「先生は僕が勉強しているのがうれしいのでしょう」

参考書に視線を落としながら、ヒカルが言う。

「……」

「僕にとってはこれも商売ですよ。客が喜ぶことをしているのだから」

客、という言葉が耳に刺さった。そう言いながらも、ヒカルは数式を解き続ける。つっかえるところがあっても、二言、三言のアドバイスで理解してしまう。学校の生徒より手がかからなかった。

勉強の終わりには二人、ベッドに横になって、部屋の天井を見つめた。たいていの日は、ヒカルはいつの間にか眠ってしまう。それほど、ヒカルが疲れている理由を知りたいような知りたくはないような、不可解な気持ちだけが残った。最初の夜のようにヒカルは自分に近づいてはこない。そのことに深く安堵《あんど》しながらも、心のどこかで物足りなさを感じている自分もいるのだった。

これまでの人生で、男を好きになったことはない。彼が男だったからではなく、彼がヒカルだったから興味が湧いた。自分の心にそうけりをつけて、安くはない金を支払ってヒカルに会い、モーテルの小部屋でヒカルに勉強を教え続けた。

金星、ヒカル、という休符を交えながら、日々の生活は続いた。うんざりするような学校生活も、週末の母との暮らしも、そうした休符が間に入るのなら、なんとか凌《しの》いでいけそうな気がした。

そんなある日、職員室から出て照明のついた廊下を歩いていると、女子トイレのほうで複数の生徒の声がした。下校時刻はもうとうに過ぎている。なぜだか派手な水音もする。嫌な予感がしつつも足を向けた。夕暮れを過ぎて、トイレには暗い照明がひとつ灯っているだけだ。

「おい」と声をかけると、「やっべ」という声と共に数人の生徒がトイレから走り出してきた。掃除用のバケツが床を転がっていく。廊下を駆けていった生徒たちにはかまわずに、トイレのいちばん奥の扉が閉まったままの個室に近づいた。タイルの床は水びたしで、ドアの向こうからすすり泣くような声が聞こえる。

「大丈夫か?」思わず声をかけると、

「大丈夫じゃありません」としゃくり上げるような声がする。清田の声だった。

「ドアが開けられるか?」

「……………」返事はなく、水が滴《したた》る音だけがする。

「保健の田村先生に言って、タオルと体操着を持ってきてもらうから、そこで待ってろ」

そう言って保健室に急いだ。田村先生に事情を話して、二人、トイレに向かう。ドアに顔を近づけて田村先生がなかにいる清田に何かを小声で言い、ドアの上からタオルを投げ入れる。

「先生、ここはもう大丈夫ですから」

田村先生が私に向かって言う。

「いや、駅まで送っていきます」

私の言葉に、田村先生が少し驚いたような顔をした。自分で自分の言葉に驚いてもいた。先にトイレから出て、しばらくの間、駐車場で待っていた。田村先生に抱きかかえられるようにして、ジャージ姿の清田がやってきた。少しの抵抗を見せたが、清田は後部座席に座る。

「よろしくお願いしますね」

田村先生がそう言いながら、深く頭を下げた。ドアを閉め、車のヒーターを強めて、買っておいた温かい缶ココアを後部座席の清田に渡した。自分も田村先生に頭を下げて、車を発進させた。夕方、駅までの道は混んでいた。赤く滲む前の車のテールランプを見ながら、ミラーで清田の様子を確認した。窓の外に目を向けているが何を見ているというわけでもない。髪はドライヤーで田村先生が乾かしてくれたのだろうが、毛先はまだ濡れているようにも見えた。

「大丈夫か？」

「大丈夫じゃありません」さっきと同じ答えだった。車が動き出す。駅のロータリーに続く道をゆっくりしたスピードで走る。

「先生の車に乗っているところ見られたら、また、私」

そう言って清田が泣き出す。車のなかのぬるい空気を清田の幼い泣き声が震わせる。車がロータリーに入っていく。

「担任の先生は相談にのってくれてるか？」

「だったら、こんな目に遭いません。先生に話したからって何が変わるもんでもないでしょう」

「………」

「いじめの解決法を先生は知っているんですか？」

「………」駅にいちばん近い場所に車を停めた。何も自分には言えなかった。おまえは無力だ、と清田に言い当てられているだけだった。

「過ぎ去るのを待つだけです。先生、解決する気も、力もないのなら放っておいてくれませんか」

私はその言葉には何も答えず、黙ったまま、いきなり車のドアを開けた。清田が一瞬驚いた顔をしたあと、心底失望したような顔で私の顔を見た。その目には見覚えがあった。いつか美沙にもそんな目で見られたような気がした。清田の背中を見た。それは人ごみにまぎれ、そして、改札を抜けて見えなくなった。

「あなたの要求ならばマッチ六本でないと」

いつものようにカウンターにマッチ三本を出すと、女が首を振りながらそう言った。ヒカルはカウンターのなかにはいなかった。どこにいるのか。女と視線がかち合う。探るような視線で互いを見て、それでも女がそれ以上のことを言わないので、残り少なくなったマッチの箱からさらに三本の赤いマッチ棒をカウンターに置いた。

「これで最後に。店はもう閉めますので」

その言葉に不意討ちで後頭部を殴られたような気がした。金星という店も、ヒカルとの逢瀬《おうせ》も永遠に続くような気がしていた。自分の生活から休符がなくなる。どうやって、これからの生を存続させていけばいいのか。ふらふらとした足取りで店を出ると、すでに来ていたタクシーの後部座席にヒカルの顔が見えた。そうして、自分とヒカルはまた、山の頂上にあるモーテルに向かったのだった。

黴臭《かびくさ》い小部屋、自分もヒカルも何も話さなかった。ヒカルは黙ってテーブルに向かい、中学二年のドリルを解いている。何も教えなくても問題はなかった。問題を解き終わったヒカルが私の顔を見上げる。赤いペンを持って解に丸をつけた。間違いはひとつもないことに、安堵の気持ちを覚えた。こめかみが鈍く痛む。今日はヒカルではなく私がベッドに横になった。額に手の甲を当てて、目をつぶっていると、その手をどかし、ヒカルが顔を覗き込む。視線が混じり合う。けれど、何も言わなかった。ヒカルが洗面所でタオルを水に浸して絞ったものを、額にそっと載せてくれた。そんなことをされるのは、いつぶりになるのだろう。その冷たさが心地よかった。これで最後か、と思えば、心はきしんだ。目の端に流れていくのは涙ではなくて、タオルにふくまれている水分だ、とわかってはいたが、心のなかには雨が降っていた。

私の感情の揺れに気づいたのか、ヒカルが私に馬乗りになって、シャツの襟を摑《つか》んで揺さぶった。頭がぐらぐらと揺れた。こめかみあたりは頭蓋骨の内側から誰かに殴られているかのように痛かった。

「先生は僕を買いにきたのか！　助けにきたのか！」

ヒカルの汗の粒が顔に降ってきた。

「過ぎ去るのを待つだけです」

「放っておいてくれませんか」

この前、清田に言い放たれた言葉が耳に蘇ってきた。体を起こしてヒカルに向き合う。

「君はもっと勉強がしたいのか？」

「あの女は君の母親なのか?」

「あの女から自由になりたいか?」

「あの店がなくなって君はどこに行くのか?」

言葉が止まらない。

「君とはもう会えないのか」

「先生、先生」ヒカルが笑いながら、私の腕を摑んで揺さぶる。

「最後になって何? 急に」そう言いながら、右手で私の頬をつまんだ。

「先生、さようなら、もう会えないよ。だけど、僕はどこかで生きているよ」

そう言い終わらぬうちにヒカルの唇が私の口を塞いだ。手を伸ばし、ヒカルの背中を抱こうとして迷った。そんな自分からひらりと身をかわし、ヒカルがベッドから下りて言った。

「苦しかった。先生と勉強すること。うんざりだった、この時間。いつでもどこでも教師気取りしかできない中年男ってなんだか哀れだよね。かわいそうな僕に勉強を教えることができて楽しかった? ねえ先生」

ふいにヒカルの手が私の右頬を張った。痛くはなかった。ヒカルの目の端に光るものが見えたような気がした。涙であるはずがない。そう思いながら、指でその水の粒を拭《ぬぐ》った。

その指を振り払うようにヒカルがカードキーを掲げる。

「さようなら、さようなら、先生」歌うようにヒカルはそう言って、一人、部屋を出ていった。ドアは開き閉じられ、もう何の音もしない。部屋に一人取り残された私は、机の上にあったドリルや参考書をゴミ箱に突っ込んだ。今一度、ベッドの端に座る。両手で顔を覆うが涙など出なかった。顔を上げると、目の前の鏡に自分が映った。項垂《うなだ》れて座っている老年に近い一人の男。その姿がひどく滑稽なものに見えて、乾いた笑いが口を飛び出した。

「もう、私のこと、いじめないで」

清田が授業中にいきなり席を立ち、近くの生徒の席に近づいたのは、あと五分で終業のベルが鳴ろうとしているときだった。

「もう、いじめないで！」そう言って清田が一人の生徒の頬を叩いた。叩かれた生徒も黙ってはいなかった。清田の頬を叩き返す。そこから先はまるで幼児の喧嘩《けんか》だった。髪を掴み、シャツを掴み、胸元の赤いネクタイを引き千切る。

リノリウムの床の上で二人の少女はまるでレスリングをするように、組んず解《ほぐ》れつ、絡み合っている。相手が清田の髪の毛を引っ張れば、清田はその手の甲に嚙《か》みついた。

「先生！」誰かが自分を呼んだが、動けなかった。いや、動かなかった。清田が納得するまでやればいい。そう思っていた。そのとき、どん、と背中に衝撃が走った。このクラスの担任と保健室の田村先生が教室に飛びこんできた。

「やめなさい！」そう叫びながら少女たちを廊下に連れ出し、引き離そうとする。引き離されそうになっても、なおも清田は相手に向かっていった。

「ふざけんな！」

「馬鹿野郎！」

担任と田村先生に腕を摑まれ、離されても、二人の少女たちの口は閉じない。清田に頰を叩かれた生徒は田村先生に腕を摑まれ、肩で息をしている。

「いい加減にしないか！」

担任が暴れる清田を羽交い締めにする。私はすばやく清田に近づき、彼女の体を締めつけている担任の腕を離した。

「本人が納得するまでやらせたらどうです」

そう言う自分を、何を馬鹿な、という目で担任が見た。廊下を駆け出そうとする清田の腕を担任が摑む。次の瞬間、清田が足で私の腹を思いきり蹴った。ふいをつかれて息ができない。廊下にしゃがみこんだ自分を複数の女生徒が見ている。哀れな中年男を見ている。

清田が叫んだ。

「うぜえええ、てめえがいちばんうぜえええんだよ」

「こら、よさないか！」そう言う担任にひきずられるようにして、清田は廊下のその先に連れて行かれた。腹はいつまでも痛かった。けれど、その痛みに清田の健やかさを感じてもいた。彼女はもう大丈夫だろう、となぜだか思った。

金星の黒いドアにはもう金星という文字がなかった。まるで最初からそこにはそんな店はなかったように。長い夢でも見ていたような気がする。金星という店も、ヒカルという少年も、もしかしたら、鬱々とした日常に倦《う》んだ自分の脳が生み出したまぼろしのようなものかもしれず、そう思えば自分の記憶に自信がない。

そうして、暮れの押し迫った十二月の半ば、唐突に母が死んだ。

団地の部屋の床で冷たくなっているのを妹が見つけた。心臓発作だった。

通夜も告別式も喪主としてこれほどやることが多いとは思わなかった。泣いているのは妹ばかりで、自分には泣くだけの心の余裕もなかった。けれど、一人、週末に団地の部屋に帰り、ソファの上に投げ出されていた制作途中の編み物（その緑色の毛糸で、一体、母が何を作ろうとしていたのかもわからない）を目にしたときにだけ、ほんの少し泣いた。

母のように、ぷつっと途切れたように生が終わる。それがあと何年後か、何十年後かわからないけれど、自分の身にも起こる。それが加速度をつけて近づいていることは確かだった。恐れがないといえば嘘《うそ》になる。けれど、この世といつか別れる日が来ることは、この世からの解放とも思えば、心はそれほど重くはならなかった。

清田はあの日の出来事以来、再び、学校に姿を見せなくなった。長い手紙を書いてみようか、と思ったが、その手紙を清田が読むとは思えなかった。それでも、万一、彼女が気まぐれのようにまた学校にやってきたら、学校になど戻らなくてもいいと彼女に伝えたかった。

それ以外の私は一人の数学教師としての日々を全うし、強固な輪郭を作り、そこから自分の中身が零《こぼ》れてこないように学校では生きた。

団地の部屋はいずれ、売りに出すつもりでいたが、母の荷物の整理のために週末は団地に戻った。団地の部屋に戻る前には、必ず、駅前のショッピングセンターの書店に寄った。そうして、中学生の参考書やドリルの棚の前で長い時間を過ごした。ここにいれば、ヒカルにもう一度会えるかもしれないと思った。そこにいるヒカルによく似た背格好の少年をじっと見つめてしまうこともあった。気持ち悪いじいさんだ、と思ったのか、その場から逃げ出すようにいなくなる少年も複数いた。それでも少年たちにヒカルの面影を求めた。

もし、本人がいたとして、どんな言葉をかければいいのかわからないのに。書店にいる間は、ヒカルに教えてやれなかったことをひとつずつ数え上げた。妄執にとらわれた老人になっていることには自覚的であった。とはいえ、自覚的であってもなお、もうヒカルに会えないと思えば、ヒカルという少年の存在は日々、自分のなかで大きくなっていく。あのモーテルの、黴臭い部屋で過ごした時間は夢のように過ぎ去っていった。その甘い記憶を自分は飴《あめ》のようにいつまでも口のなかに転がしていた。

改札口でヒカルに会ったのは、午後から大雪警報が発令された冬の日のことだった。

その日、自分は眼鏡をしていなかったが、そこにいる少年がヒカルであると、確信した。古ぼけたコートも、化粧をした白い肌も、ヒカルに間違いがなかった。近づき、自分はヒカルの手をとる。少年がぎょっとした顔で自分を見る。あれから、随分時間が経過したのだから、自分のことは忘れてしまったのかもしれないと思う。自分は鞄《かばん》のなかから中学生の数学のドリルと参考書を見せた。少年が怪訝《けげん》な顔をする。けれど、勉強を始めれば、すぐに自分のことは思い出すだろう。ヒカルの手をとって、引っ張る。駅前のタクシーに乗れば、山の頂上のモーテルはすぐそこだ。少年はその場に蹲《うずくま》る。ヒカルは私の手をまるで汚いもののように振り払おうとする。けれど、私はヒカルの手を離さない。少年が何かを叫ぶ。その声が自分には聞こえない。聞かなくてもいい言葉だ。ヒカルの手を再び引っ張る。なぜだか複数の駅員が自分に向かって走ってくる。どこか遠くからパトカーの音が聞こえてくる。そのサイレンの反響にこめかみがまた、鈍く痛み始めた。

蛍光

暗い店のなか、透明なアクリル製の引き出しを開ける。

苺《いちご》のカタチをした消しゴムを手に取り、鼻を近づける。予想通り人工的で毒々しい、本物の苺からはほど遠い香り。それを確かめた瞬間、自分の脳裏に小学三年生頃の午後の教室が浮かんできた。

ほこりっぽいあの教室の空気、むせるような給食の残り香、薄汚れた上履きのつま先……私は女子に囲まれて、店からこっそり持ち出したこんな消しゴムを、皆に分け与えていた。そうすることで、あの頃、教室のなかを席巻《せっけん》していたいじめの洗礼を受けることを免《まぬが》れていた。

腕時計に目をやると午後三時。

店先のシャッターは閉まったままだ。

午後から吹き始めた木枯《こが》らしが、時折、古びたシャッターを揺らし、金属的な音をたてる。店のなかは半年前に閉めたときのままで、そのとき売れ残っていたノートや鉛筆やカッターの替え刃の箱や、そういうものがいまだ棚を飾っている。ところどころ、まるで気まぐれのようにシーツのような余り布がかぶせられているのは、大雑把な姉の仕業で、その布にほこりが堆積しているのだろう。店のなかにいると鼻の奥がむずむずと痒《かゆ》い。

父は店を閉めた三ヵ月後に、全身を癌《がん》に冒《おか》されて亡くなった。

そう思った瞬間、誰かの視線を感じて振り返った。店に続く住居部分、その部屋の端に二階に続く階段がある。灯《あか》りの点《つ》いていないその場所は、昼間でも漆黒の闇に包まれて、この場所に慣れている私でもどこか不安になる。幽霊や、魂というものが存在するのかどうかは知らない。けれど、亡くなった父がその場所にいても不思議ではないと思う。父が作り、人生のほとんどを捧《ささ》げたこの店と家。亡くなった父の幽霊、もしくは魂がそこにいたとしても、それほどの恐怖は感じなかった。

いたいのなら、いたいだけ、そこにいればいい。

視線を逸《そ》らし、店から続く六畳間に目をやる。そこは居間であり、食堂であり、時間帯によっては子ども部屋でもあった。二階には父と母の部屋と、私と姉の子ども部屋。私はこの家で成長し、ここから短大に通い、恋愛をし、ここから夫の家に嫁《とつ》いだ。

嫁いだ、という言葉すら、今の時代は人を選ぶ。若い女性がこの言葉を聞けば、「女偏に家と書いて嫁ぐって、なんだか女性を馬鹿にしていませんか」と反論されそうだが、私の結婚には嫁ぐ、以外の言葉が見つからない。家から家へ。私は確かに、あのとき嫁いだ。つまり、夫の妻となり、姓を変え、夫の家に迎え入れられた。そう、嫁、として。

私はいつも父が店番をしていた場所、小さな店全体が見渡せる店の奥、レジの前に移動する。いつも父が使っていた木製の丸椅子に座って、ぼんやりと店のなかを見る。シャッターの隙間から、細い光が店内を照らし、道を行き交う人の話し声が聞こえる。暗闇に潜む透明人間のように、私は息を潜めている。通りを行く人も、まさか閉店した店のなかに、人がいるとは思わないだろう。そう思うと一人でかくれんぼをしているような愉快な気持ちになる。

閉めた店と家のなかを片付け、店と家を壊し、更地にして、この土地を売り、その代価を姉と私とで分ける。二つ上の姉がそんな話を切り出したのは、火葬場の一室だった。父が亡くなった直後に、「今、なんでそんな話を」と泣きながら訴えた私に、姉は、

「こういう話はもっと前にしておくべきだったの。今でも遅すぎるくらいでしょ」

と、涙一つ浮かべることもなく、淡々と口にしたのだった。

そのときに片付けは姉と二人で、という約束であったはずなのに、いつの間にか、私一人がその約束の責任者のような立場にさせられていて（考えてみればこんなことは子ども時代からよくあった）、姉から片づけを急《せ》かされている。大事なものだけよけておけばいいのだ、と考えて、早々に段ボール箱も準備したのに、その片づけがいつまでも終わらない。

ここに来るたび、私は店に置かれたままの商品を物色し、部屋に上がれば、昔のアルバムを広げ……ときには亡くなった父を思って泣き、義母に言われた嫌味を思い出しては腹

立ちまぎれに部屋の障子に指で穴を開けた。今、この場所だけが、私の思いや感情の発露を優しく包む場所になりつつあった。

父の椅子から立ち上がり、部屋に上がって、さっき広げたばかりのアルバムをまた見てしまう。小学生時代の私。おかっぱ頭（ボブのことだ）に吊《つ》りスカートの私は、いかにも昭和の小学生で、その写真がモノクロで紙焼きであることにも愕然《がくぜん》とする。時代は変わった。いつまでも終わらないように思えた昭和の終わりはあっけなく、そこから、平成、令和はあっという間だった。

私は長く生きすぎてはいないか？

最近、頭をよぎる問いがまた、浮かぶ。子どもの頃から漠然と自分の人生は五十前で終わると信じていた。それもやはり子ども時代のことだ。テレビに出ていた識者（どこかの大学のとある学者）が「今の子どもたちは四十七まで生きられない」と話していたことが耳に残っていたからだ。

たくさんの工場や車から排出される汚染された空気や水。添加物の多い食事……そんなものに囲まれて育つ子どもたちが長生きできるわけがない。なぜ、四十七なのか、とか、その論説の根拠は、とか、ネット社会の今なら山のような反論もきたのだろうが、あの当時、テレビが持つ影響力は今では考えられないくらい大きかった。そんなふうに視聴者を脅す番組はほかにもあった。地球が一九九九年で終わるとか。けれど、今になって思えば、それすらも、あの時代や生きていた人たちに活力があったからこそ、そんな脅しもきいたのではないだろうか。こんなふうに世の中が（日本が）ゆっくりと力を落として、暗く陰っていくことは、あの時代を生きた識者にも予想がつかなかっただろう。

それでも、自分の人生は四十七で終わる、と見知らぬ誰かに断言されたことすら忘れて、私は恋愛をし、結婚をし、子どもを二人産んだ。仕事は結婚を機にやめた。二十代、三十代、四十代は、主婦として請け負う煩雑な家事、育児、そして、母を亡くしたあと、残された父と義母の面倒をみることに費やされた。店で顔を合わせると、「店に来ていた子どもたちはいったいどこに行ってしまったのか」という父の愚痴を聞くことが多くなった。それは少子化だけでなく、近くにできた百円ショップや大型ショッピングセンターの影響もあった。昭和を体現した個人商店にはもう用がない、と世間から言われているような気がしたのだろうか。子どもたちの来なくなった店に立ちながら、父は坂道を転がるように老いていった。

父の病が発覚し、店を閉めた春、私の娘と息子も独立し、手を離れた。それでも、緩和ケアを行う病院に入院した父を見舞うことだけではなく、まだ会社に勤務する夫、同居する義母のための食事づくりや雑務が私を家に縛りつけていた。私は死ぬはずだった四十七をはるかに過ぎて、五十五になろうとしている。あの予言は見事に外れた。

手にしていたアルバムを閉じ、洗面所に立つ。洗面台の曇った鏡のなかに、見知らぬ女がいる。鏡を意図的にのぞき込むことがなくなって、もう何年が経《た》つのか。日々、簡単な化粧をするときだって、自分の顔に見て見ぬふりをしている。久しぶりに自分の顔を間近に見て、ぎょっとする。老いたこの女は誰なのか。頭を振って、水道の蛇口を思いきりひねり、水しぶきを飛ばしながら乱暴に手を洗った。洗面所には液体ソープなどなく、干からびた石鹼《せっけん》があるばかり。それを手のひらに擦《こす》りつけたが泡など立たなかった。

部屋に戻り、畳の上に置いたアルバムを片付けようとして、手にとると、一枚の写真がひらりと落ちた。やはり小学校のときの、遠足か社会科見学のときの写真だった。工場のような建物の前で撮った集合写真。皆がこちらを向いている。自分の姿を認め、今も近所に住む友人を認め、病ですでに亡くなってしまった友人を認めた。

ひとりの少年の姿が目に入る。

野犬のような目でこちらを見ている。一人、靴下も履かず、素足に今にも破れそうなズック姿。団地に住んでいた山城《やましろ》君だったか。彼の家がとりわけ貧しいことも（そうは言っても私の家も同級生の家も特別豊かだったとはいえない）、彼が親を含む特定の大人から目をかけられていなかったことも、彼の姿を見れば誰もが理解できた。時折、顔や腕に赤や紫色の痣《あざ》をつけて登校することもあった。その痣について、教師を含む大人たちがなんらかの対処をしただろうか？　多分、答えはいいえ、だ。担任の教師や行政が彼を助けていた、という記憶はない。昭和のあの時代、よくいた貧しい家の子ども、という袋に彼は入れられただけだった。

ただ、山城君は勉強だけはよくできた。小学五年生のとき、彼の隣の席になったことがある。古ぼけた筆箱には小指ほどの長さの鉛筆しかなく、消しゴムも親指の先くらいの大きさしかなかった。なにかの授業中、細かい字がびっしり書かれたノートの一ページ目から彼が消しゴムで消し始めたことがあった。

「えっ、どうして消しちゃうの?」

思ったことをそのまま無邪気に口にした私に、彼は何も言い返さなかった。彼のノートは何かを書き留めて永遠に取っておくためのものではなく、黒板に書かれたことを一時的に書き留めておくためだけに使われていた。つまり、ノートが終わりまでくれば、彼はノートの一ページ目から消しゴムをかけ、それをまた真新しいノートとして使う。幾度も消しゴムをかけたのだろう。ノートの紙は毛羽立ち、表紙は薄汚れていた。彼が前を向いたまま、私に聞こえるくらいの声で言った。

「もう、全部覚えたから」

そう言って彼はまた、文字や数字を消したページに、黒板の文字や数字を書き写していった。

私は純真で、それ故、単純で、誰かが困っていれば助けてやりたい、と一直線に考えるような子どもだった。ある日、親も寝静まった真夜中、私は店に忍びこみ、真新しいノート数冊と大きな消しゴム、それに当時流行《はや》り始めた蛍光ペンをパジャマの上着に隠して、足音を立てずに階段を上がった。いじめられないために、女子向けのかわいい消しゴムを店から盗んだときは胸がかすかに痛んだが、山城君のために店の物を盗んだときには、罪の意識はなかった。同じ部屋で寝ていた姉は部活で疲れ果てて眠りこけていて、私の所業に気づきはしなかった。

翌日の放課後、私は団地への道を歩く山城君のあとをつけた。学校や教室のなか、誰かがいる前では「それ」をしたくなかったし、するべきではないと思った。山城君は何を急いでいるのか、一本道を駆けていく。その後ろ姿を追って息が上がった。団地の門に続く道の脇には、夏には嫌なにおいがする汚水の沼のような貯水池があり、緑色のフェンスで囲われていたが、ところどころ、子ども一人入れるくらいの穴が開いていた。前を走る山城君は真冬だったが薄いシャツ一枚で足は相変わらず素足だった。

「待って！」

思わず声が出た。山城君が立ち止まって振り返る。私は近づいて、慌ててランドセルを下ろし、なかに入っていたノートと消しゴム、蛍光ペンを手にした。

「あの、これ」

私が差し出したものに山城君がゆっくりと視線を落とした。

「うち、文房具屋だから、だから……」

そこから先は言葉にならなかった。山城君が私の顔を見る。自分の耳から頬まで真っ赤になっているのが自分でもわかる。そのときにはっきりと悟ったのだ。自分が山城君に施しをしている、ということに。山城君はもう一度、私が持っているノートを見た。視線を落としたその顔は、いかにもまだ幼い十一歳の男子の顔だったけれど、視線を上げたときには、彼の顔はまるで悪魔のように見えた。

山城君は私が手にしていたものを奪うと、フェンスの向こうに放り投げたのだった。水面に落ちていくノートがまるで白い羽を羽ばたかせている鳥のようにも見えた。ノートはしばらくの間、白いページを見せて水面に浮かび、含んだ水分の重さに耐えかねると、自らの重さで水の底に沈んでいった。

消しゴムと蛍光ペンはどこに落ちたのか、目では追えなかった。

「おまえ、馬っ鹿だな」

山城君はそれだけ言うと、笑いながら道を駆け出していった。半ズボンの下から伸びた臑《すね》は乾燥し、白く粉を吹いている。私の顔はまだ赤く染まったままだった。姉から馬鹿だ、と言われることがしばしばあったから、その言葉自体には傷つかなかった。けれど、施しを与えている人間から言われる馬鹿、は、私の心を抉《えぐ》った。泣きたい気持ちになったけれど、こんなところで泣いているのを誰かに見られてしまうのではと思うと気が気ではなかった。私は俯《うつむ》いたまま、今来た道を駆け戻った。

その二年後、私たちは中学校に入学し、夏の終わりに山城君の遺体が団地の貯水池に浮かんでいるのが見つかったと知ったとき、多くの同級生が声をあげて泣いた。自殺とも、他殺とも言われていたけれど、結局のところ、真相はわからずじまいだった。私は泣かなかった。気持ちはねじくれて、私があげようとした物を捨てた罰だ、とも思うようになっていた。十三で死んだ山城君も生きていれば五十五。

そう思った瞬間、シャッターを叩《たた》くかすかな音が聞こえたような気がした。

最近よくある空耳かと思ったが、それはもう一度、はっきりと聞こえた。私はシャッターに近づき、細い隙間から外を見ようとするが、店の前にいるはずの誰かの姿は見えない。閉めた店にいったいなんの用事だろうか……。不安を感じながら、それでもいきなりシャッターを開ける勇気はなく、私は部屋に上がり、裏の勝手口から外に出た。

いつの間に日が暮れたのか、ここでこれ以上暇を潰《つぶ》している余裕はない。家に帰り、夫と義母のための食事を作らなければならない。ああ、なんて面倒臭い……湧き上がってきた気持ちを無理に消すように、私はサンダル履きで店の前に出た。

最初に目に入ったのは黒いランドセルにかけられた黄色いカバーだった。小学一年生ということか、と思ったが、そのカバーは薄汚れ、随分と年季が入っているように見えた。黄色い帽子、その下でまっすぐに切り揃《そろ》えられた前髪、その下の目は丸く、黒いビー玉のようだ。襟や袖は少しくたびれているが、きちんとアイロンのかかった白いシャツ。令和の今では珍しい半ズボンから伸びた足は、今どきの子どもらしい長さだった。一瞬、山城君のことが浮かんだが、素足ではなく、靴下を履いていた。

私の顔を見上げ、それから自分の拳を見る。彼の拳はほこりだらけのシャッターを叩いたせいで黒く汚れていた。

「あの、おじさんは？」

「ああ……」と言いながら、死んだ、と言ったほうがいいのか、亡くなった、と言ったほうがいいのか、迷った。この前まで幼稚園に通っていた子どもだ、私の言うことを理解できるのか。

「あのね、おじさんはもういないの……」

「いない？」

「亡くなったの」と一息に言ったが、目の前の彼が理解しているとは思えなかった。心を決めて言った。

「あのね、病気で、死んだの」

はっとした顔をして彼が目の前のシャッターに目をやる。理解、したのだろうか。

「ノート、僕、ノート」

「でもね、お店、もうおしまいなの」

「ノート、僕、ノートを」

彼は私の目を見て同じ言葉ばかりをくり返す。少年は帰る気配がない。私は急いで家に帰る必要がある。

「ノートがないと、僕、お父さんに叱られる」

彼が泣き始める。その声に足を止める通行人もいる。私は慌てた。

「い、今、お店を開けるから」

そう言ってシャッターに手をかけた。勢いよく上げると、肩の骨が鈍く痛んだ。薄暗い店のなかに少年が小走りで入っていく。レジ横のノートの棚、少年が手にしたのはカラフルな小学生向けの学習帳ではなく、昔ながらの分厚い大学ノートだった。私が子どもの頃からある燕《つばめ》のマークのツバメノート。このノートしか使わないという大学生や大人もいるが、小学生、それも一年生でこのノートを使っている子どもに会ったことがない。もしかしたら、彼の父が使うのだろうか。

彼がランドセルを下ろし、取り出した小銭入れから三枚の百円玉をつまんで私に差し出す。それが正確な値段なのか判断できなかったが、とにかく私は小銭を受け取った。少年がランドセルのなかにノートをしまう。ランドセルのなかには、そのノート以外、教科書もノートも入っていなかった。かちり、とロックをして、再び少年がランドセルを背負う。

「ありがとうございました！」と頭を下げて、少年が店を飛び出す。

「あ、あの……」と声をかけたものの、少年の後ろ姿はすぐに商店街の人ごみにまぎれてしまった。それでも、人の波に見え隠れする黄色い帽子を目で追う。

彼が進んでいるのは団地の方角だ。団地の子だろうか。冷たい、と思って手のひらを開くと、少年から渡された百円玉が商店街の薄暗い街灯に鈍く光った。三百円でよかったのだろうか、と思ったが、店のなかに目をやっても、それを確かめる父はもういない。そう思ったら、ふいに目の表面に涙の膜が張った。


スーパーで足りない食材を買い、慌てて家に戻る。作り置きのものがいくつかあったから、魚と野菜の鍋を作るだけでよかった。夕食の開始は午後六時。義母が私の顔を見て言う。

「あら、随分、遅かったのね」

壁の時計は午後五時四十五分。

「すみません、スーパーが混んでいて……」

義母は返事をせず、ソファで夕食のできるのをじっと待っている。午後六時に夕食が始まらないと途端に機嫌が悪くなる。夕食の時間さえ守れば、何をしても怒られることなどなかったが、何年生活を共にしても、この義母という人に慣れない。背中と脇に汗をかきながら、野菜を切る。鍋をテーブルに運ぶ。

子どもたちが独立してからというもの、二人だけの夕食は気詰まりで、テレビをつけざるを得ない。本当のことを言えばテレビなど見たくはない。テレビそのものももういらないと思っているのに、この時間を乗り越えるためだけに、テレビを手放すことができない。それでも、小食の義母の食事はあっという間に終わる。それだけが救いだった。

食器を片付けながら、さっき、店であったことを誰かに話したくてたまらない。けれど、それが誰なのかわからない。目の前に座って、テレビをぼんやりと見ながら、お茶を啜《すす》っている義母ではない。風呂の用意をして、義母を風呂に入るように促し、風呂上がりに義母が自室に行ってしまうと、夫が帰ってくるまではやっと私一人の時間になる。

義母の部屋の襖《ふすま》が閉じられると、肺の奥深くから長いため息が出た。

エプロンのポケットのなかで携帯が震える。夫ではない。多分、同級生の誰かだ。一年前から始まった、この町に残っている友人たちと始めた同窓会。同じ小学校、中学校に通った気の置けない仲間だった。二カ月か、三カ月に一度、行われるその会合は、終盤にさしかかった子育て、そして、そろそろ親の介護が始まった皆には、いいガス抜きになっていた。私はエプロンを脱ぎ、ソファに座った。携帯を眺める。案の定、同級生の夏子《なつこ》からだった。

〈来週いつもの店で。午後七時から〉

〈ＯＫ！〉とクマのスタンプを送る。この前、家に遊びにきた娘に、スタンプを送るのは年配者だけ、と言われたばかりだが、私の〈ＯＫ！〉も、夏子の返信も動くスタンプ。それでもいいじゃないか、と思いながら、しばらくスタンプだけを私たちは送り合った。

玄関のドアが開く音がする。夫が疲れた顔でリビングに入ってくる。

「おかえりなさい」という私の言葉にも軽く頷《うなず》くだけだ。

あと五年か、十年か、夫がいつまで会社という場所に囚《とら》われたままでいるのか、そんな大事なことを今まで二人で話したこともない。それでも私は夕食をあたため、彼に供する。黙ったまま彼がそれを口にする。その顔が日に日に、義母に似てきて、私はそっと彼から視線を外す。父と母の役割を終えたら、私たちはどんな役割の仮面を使って、互いに向き合えばいいのかわからなくなってしまった。必要最低限のことしか話さない。もちろん、今日あったことも話さない。寝室は別で、私は娘の使っていた部屋に寝ている。体のふれ合いがゼロになったら、心すら寄せ合うこともなくなった。その夫に三十年近く前は「恋していた」のかと思うと、めまいすら感じる。会えない日があれば泣いた。真夜中の固定電話の長電話。あれはいったいなんだったのか。まるで前世の出来事か、と思うくらいに遠い。生殖と子育ての共同作業を終えた男女がいっしょにいる意味とはなんだろう。そんなことを考えながら、私は目の前にいる夫にお茶を淹《い》れる。かすかに笑みさえ浮かべながら。

飲み会は、いつもの駅前の大型チェーンの居酒屋で行われた。

その夜のために、早めに義母のための夕食を作り食べさせる。この短い夜以外、私には自由になる夜がない。いったいいつの時代の話か、と自分のことながら思うけれど、出かけるような用事がそもそもないのだ。用事がない自分が夜、家を空けることにも抵抗がある。だから、この日が来るのを今か今かと待ちわびていた。

男女混合で集まってはいるが、いつも席は男性と女性で大きく二つに分かれる。

私はいつものように、小学校と中学校の同級生、夏子と礼子《れいこ》と同じテーブルに座った。話すことはいつものように変わらない。自分や家族の体調や病院の話、子育ての、介護の話、夫や義母の悪口を一通り、近所の美容院の話、韓流ドラマの、韓流アイドルの話。話が通じる、ということがたまらなく楽しい。何回か聞いたことのある話でも、まるで今日初めて聞いた話のように相槌《あいづち》を打った。お互い様だ、と思えば、同じ話をくり返す彼らのことを笑えなかった。皆の話を聞き終えて、今日、どうしても聞きたかった話を切り出した。

「ねえ、あれって結局なんだったの？　中学一年のとき、山城君て子が死んだじゃない？」

久しぶりに呑《の》んだお酒の勢いか、存外に大きな声が出てしまった。しん、と場が静まり、皆の視線が私に集まる。死んだじゃない？　と言い終わってから、その言葉がするりと出てきた自分の残酷さに驚いてもいた。私を避けて、皆が目配せをする。石崎《いしざき》君が口を開く。

「あれっ、聞いてないの？」

「なにを?」

「ちょっとちょっと、やめておいたら」礼子が石崎君に向かって頭を横に振る。

「えっ、ちょっと待って、なんのこと?」

「もう昔のことだよ。知らないなら知らないままでいいんじゃない?」

夏子がそう言ってジョッキグラスに入った赤いチューハイを口にする。

「ねえ、いったい、なんのことだか……」

私はまわりにいる友人たちの顔を見回した。皆、私の目から視線を外す。石崎君が再び口を開く。

「山城はおまえの親父さんの店で万引きしたんだよ。それで、おまえの親父さんが、団地に乗り込んだって俺は聞いた」

「えっ……」そんな話は初めて聞いた。

「ねえ、本当にもうやめたら」

礼子の声がヒステリックに響いた。

「父さんが団地に乗り込んだことと山城君となんの関係があるの?」

再び、訪れる沈黙。店のなかに流れる昔の流行歌だけが鼓膜を震わせる。石崎君が声を潜めて言った。

「そのことが原因で親に折檻《せっかん》されたんだ。今は、折檻なんて言わないか。虐待? 死んだのはその直後だよ。それに耐え切れなくて、池に飛びこんだのか、それとも誰かに……それは今もわからない。ただの噂《うわさ》だよ。だけど」

「いずれにしても、うちの父さんがきっかけではあるわけね」

石崎君が酔いに濁った目で私を見つめて言う。

「でも、親父さんは当然のことをしたまででじゃないか。今さら、何十年も前のこと、おまえが気に病むことでもないだろ」

「……」

「幽霊が出るって噂があるよな、あの池」

誰かが酔いにまかせた声でそう言ったが、「馬鹿」「黙ってろ」という声に搔《か》き消された。

「親父さんもおまえに心配かけたくなくて、ずっと黙ってたんだろうよ」

石崎君がそう言いながら、枝豆の莢《さや》を口に運ぶ。

「そんな昔のこと、もういいよー。気にしない気にしない」

礼子がそう言って、私の前にビニール張りのメニューを開いた。茶色い唐揚げの写真が目に入って、食べたわけでもないのに、胃のあたりがむかむかした。そんな話を聞いて、気にしないわけないじゃない……。そう思いながら、私はコールボタンで店員を呼び、桃のチューハイを頼んだ。すぐにやってきたジュースのようなそれを飲みながら、私の脳裏には、古ぼけたランドセルを背負った山城君の後ろ姿が浮かんでいた。

それから、ほぼ毎日、家事が片付いた午後になると、私は店を開けて、あの少年が店の前を通るのを待った。店を開けながら、一気に店のなかも家のなかも片付けてしまうつもりでいた。この前の飲み会で聞いた話が、じわじわと自分のどこかを冷やしている。あの話が本当なのか誰かに確認したかったが、父が亡くなった今となってはそれも難しい。

片付けをしながら、私はレジ横に、店にあるだけ全部のツバメノートを積み上げた。いつ、あの少年が来てもいいように。

そうは言っても、あの少年は山城君ではないし、山城君に化けた誰かでもない。私はどこまでも正気だ。けれど、山城君とあの少年は、私のなかでまっすぐに結ばれていた。店はもうなくなる。あの少年が来ても、ノートは手に入らない。だから、店にあるすべてのツバメノートを、あの少年に手渡すつもりだった。それが山城君の弔いになるとは思えなかったが、そうしなければ自分の気持ちが収まらないだろうと思った。

「店開けて、何してるの?」

顔を上げると、スーパーの帰りなのか、丸く膨らんだエコバッグを手にした姉が立っていた。何って、店の片付けじゃないか、姉さんもするはずの、と頭に血がのぼったが、素知らぬ顔で言った。

「店閉めたままだとどうにもほこりっぽくて。店、開けたまま片付けるわ」

店のなかの棚から商品を取り出しながら、姉に尋《たず》ねた。

「あのね姉さん、私の同級生の、知ってる？　山城君。中学のときに団地の貯水池で亡くなった」

私の言葉に姉の視線が遠くなる。自分の頭のなかで記憶を探る目をしていたが、早々に諦めたのだろう。

「さあ……それがどうしたの？」

思った通りの答えで、落胆も失望もしなかった。

「団地の子でね、うちで万引きしたんだって。それを父さんが怒って」

「団地の子らはいっときひどかったからねえ……」

姉の眉間に細かい皺《しわ》が寄る。

「それで、父さんが怒って団地に乗り込んだって」

「まさか。あの父さんがそんなことする？」

言われてみれば確かにそうだ。父はいつも穏やかで母さんや誰かと口論している姿すら見たことがない。だとしたら、あの噂《うそ》は嘘なのか。嘘ならば誰がそんなことを言いふらしているのか。

「なんだってそんなこと、今さら……」

そう言いながら、棚に指先で触れ、その指先にほこりでもついたのか、バッグから出し

たハンカチで拭《ぬぐ》う。姉は多くを語らず、

「なるべく早く片付けてよね」とだけ言い置いて店を出ていった。

姉の姿が往来から見えなくなったあと、「勝手なもんだわ」と言葉が口をついて出た。あんたのほうが父さんに可愛《かわい》がられていたんだから。それは姉が私を思い通りにするための魔法の言葉だった。そう言って父を病院に入れる手続きをすべて押しつけられた。店と家の片付けでもそうだ。なんで私ばっかり。そう思いながら、年代物のはたきを棚に力いっぱい叩きつける。姉だけではない。夫も義母も私という人間には興味がないのだ。見て見ぬふりをしてきた鬱憤が自分のなかでぱんぱんに膨らんでいることに気づいてしまう。

壁の時計を見る。午後五時二十五分。午後六時に夕食を始めるためには今すぐ帰らなければならない。そのことにもイライラした。もう帰らないと、そう思って店先のシャッターを下ろしたときのことだった。

白いシャツが目の端をよぎった。

視線を止める。あの少年だ。黄色いランドセルカバーに目深にかぶった黄色い帽子。白いシャツに半ズボン。小学一年生にしては帰りが遅いが、学童クラブの帰りだろうか。少年の姿がどんどん小さくなる。私は慌てて店のなかに入り、トートバッグにツバメノートを突っ込んで店を閉めた。

はるか向こうに少年のランドセルの黄色が見える。やはり団地に続く道だ。私は早歩きで少年の後ろ姿を追った。団地への道は、私が小学生のときに来たときよりもはるかに寂れていた。街灯も暗く、この時間、外を歩いている人は誰もいない。

Ｂ４と建物の横に書かれた棟に少年が入っていき、外階段を駆け上がっていくのが見えた。彼は三階まで上がっていき、そのあと姿が見えなくなった。あの階か、と見当をつけて、私も階段に向かった。ひとつ飛ばしで階段を上がる。息が切れた。三階に着く。廊下には、何が書かれているのか皆目見当のつかないスプレーの落書き。空のペットボトルが軽い音を立てて転がる。どこからかカレーのにおいがした。

がちゃり、とドアの鍵を閉める音が廊下の先でする。その部屋の台所の窓から漏れる光が、廊下の先をうすらぼんやりと照らした。少年が家に帰り、すぐに照明を点けたのなら、あの部屋のはずだ。確信はないが、その部屋を目指して歩を進めた。気持ちを決めて、錆《さび》の目立つ鉄製ドアの前に立つ。ドアのチャイムは見当たらなかった。仕方なくドアを叩く。返事はない。あの少年が一人でこの部屋にいるのなら、玄関のドアを開けるな、と言われているのかもしれない。もう一度、ドアを叩く。台所の窓に人影が動く。「はい？」とドアの向こうで男の声がする。

「誰？」

「え、ああ、あの駅前の文房具屋の」

「……」

返事はないが、ドアがいきなり開いた。それでもドアのチェーンはかけられたままだ。黒いスエットを着た若い男。その背後から煙草《たばこ》と安い芳香剤の混じったような饐《す》えた臭いが漂ってくる。

「あの、小さな、小学一年生くらいの男の子がいらっしゃいますよね？　こちらに」

すっかり怪しい人になってしまっている。男の、寝癖がついた前髪の下、目が鋭く光った。

「宗教はお断り！」

そう言ってドアを閉めようとする。玄関の三和土《たたき》に目をやる。多分、この男が履くのだろう、古ぼけたクロックスが放り出されたように転がっていて、子どもの靴は見当たらない。

「すみません。間違えました」

そう言う鼻先で乱暴にドアは閉められる。

ここではなかったか、という落胆と、見知らぬ部屋を訪ねてしまった羞恥が、苦い胃液のように喉元にせり上がってくる。

それならば、あの少年はどこに行ったのか。階を間違えたのか、それとも部屋を？　けれど、同じ三階であるのなら、さっきの部屋にしか灯りは点いていない。他は真っ暗だ。照明を点けない部屋で少年が一人でいるとは考えにくい。狐《きつね》につままれたような気持ちで、階段を下りた。さっき歩いてきた道を戻ると、右手に貯水池が見えた。来たときには少年を追うことに夢中で気がつかなかった。フェンスはもうすべてが錆色に染まり、至るところに穴が開いていた。ぴゅっと風が吹いたが、池から嫌なにおいがすることはない。だが、池の上に小さな虫が群れて飛んでいる。池のそばにある街灯がその虫を照らし、角度によっては、まるで蛍のように光った。

真冬に、まさかね、と思いながら、私は団地を後にした。

そうして翌日も、その翌日も、私は午後になると、店の片付け、と称して家を空け、夕方まで店を開けて（長い時間家を空けることでもちろん義母からは嫌味を言われた）、あの少年の姿がないか、商店街を歩く小学生男子に目をやった。黄色い帽子をかぶった一年生が通れば、じっとその顔を見た。自分がどこか怪しいおばさんになっているのではないか、という自覚はあった。

ある日、店にやってきた姉は、

「呑気《のんき》なあんたに任せていてもどうにも事が進まないじゃない。業者に片付けを任せるから。大事なものだけよけておいて」

と、表情も変えずに私に言った。

「それなら最初からそうすればよかったじゃない！」

思わず口をついて出た。姉は何も言わず、無表情のまま店を後にした。

姉に反論したことなど、大人になってからほとんどなかった。それでも姉は私が言っていることなど、蚊が鳴いたくらいにしか思っていないだろう。

大事なもの……家族のアルバム、自分と父が写っているものだけはとっておこうと思って、段ボール箱に詰めたが、それすら大事なものかどうか判断がつかない。店にある商品もすべてが古びて売れるようなものはもうない。

ただ、トートバッグのなかに、ツバメノートを入れたままになっていた。これだけ、あの少年に渡すことができたら……そんな夢想はひとりよがりの妄想になった。そうしなければ、自分は山城君に祟《たた》られて死ぬのではないか。山城君は十三で死んだ。あの噂が本当なら、私の父がきっかけで彼は死んだ。彼より四十年も多く生きてきて、私には人に誇れるものもない。ただ、子どもを産んで育てただけ。本当は四十七で死ぬはずだった私の生は、弛緩《しかん》してだらりとして、退屈な日々だけを刻んでいる。それこそが山城君の復讐《ふくしゅう》だったのではないか……。

そんな現実的でないことばかり考えるようになった頃、夫と義母が代わる代わるインフルエンザにかかった。二人を看病しながら、店のことが、正直に言えば、あの少年が今頃、店の前を通ったのではないかと思うと気が気ではなかった。一週間後、夫は会社に復帰し、はやる気持ちをおさえて店に行くと、そこには、もう店も家も跡形もなかった。店や家を壊したはずの重機すらなく、ただの更地になっていた。

「ひどいじゃない！　私に何も言わずひどいじゃない！」

と、携帯で姉にわめきちらす私を、往来を歩く人がちらちらと見た。

この頃には、自分は少し疲れているのではないか、そう自覚するようになっていた。けれど、それを話せる人も自分にはいなかった。幾度も私は心のなかで誰かに語りかける。

ある日、小学生が店に来てね、その子、小学生なのに、ツバメノートを買いに来たの。あの子に、ツバメノートを渡さないとなぜだか自分の命が終わるような気がするの。でもね、私もう、自分は生きすぎていると思うから。それでもいいの。でもね、あの子は、本当は山城君なんじゃないかな。施しみたいにノートをあげた私のこと、団地にまで行って怒鳴り込んだ（かもしれない）父のこと、恨んでいるんじゃないのかな。

夏子や礼子の顔が浮かびはしたが、私の今の気持ちをありのまま、彼女らにうまく伝えることができるかどうかを考えると、彼女らが、私が正気であるかどうか、まずそれを確かめるだろう、という気がした。


それでも日々は続いた。

午後は店のあった場所に立った。少年にはあの日以来会えていない。もう彼が店に来てから、一ヵ月以上は過ぎている。それでも、あの分厚いツバメノートを使い切ることはないだろう。あの少年に永遠に会えないのか、と思いながら家路を辿《たど》ると、トートバッグに入れたままのツバメノートの束がずしりと重い。この重さから早く解き放たれたいような、いつまでもこのノートを手元に持っていたいような、相反する気持ちが私のなかで渦を巻いていた。

スーパーマーケットに寄り、家に戻ったのは午後六時過ぎだった。玄関ドアを開けると、廊下の照明の下に義母が倒れているのが見えた。

「お義母《かあ》さん！　お義母さん！」

まだ体はあたたかい。慌てて救急車を呼んだ。急性の心疾患だった。もう少し遅かったら、命はなかったと医師に告げられた。インフルエンザが治ったばかりの義母を長い間一人にしていたこと、倒れたその場に自分がいなかったこと、それを夫に責められるであろうことは、易々《やすやす》と想像できた。そうして、実際にそうなった。

この町の総合病院はあの団地に近い。ここから、小さな丘ひとつ越えれば、もう団地の敷地に入ってしまう。この期に及んでも、気になるのはあの少年のことだった。むしろ、現実世界で夫にも理不尽な怒りをぶつけられる分、私の心は妄想の世界にしか生きる場所がなかった。

「由紀子《ゆきこ》さんがそばにいてなんで……」

「由紀子さんが早く帰っていれば、こんな大ごとにならなかったかもしれないのよ」

病室にやってきた夫の親戚たちに再び誹《そし》られた。

「同級生との飲み会だなんだって、いつまでもはしゃいでいるから」

夫が私の背中に向けて、冷たい声で言った。どうやっても涙は出なかった。

「おばあちゃん……」

私の娘と息子は、義母が眠るベッドに張りついて泣いた。たいして会いに帰ってきたりもしなかったくせに。お小遣いが欲しいときだけ、可愛い孫を演じていただけじゃない。自分の子どもに対してもどこか鼻白む思いが先立つ。なぜ、血の繋《つな》がった家族にすら、こんな思いを抱いてしまうのか。そんな自分が不可解でもあった。どこか皆、芝居じみている。その芝居に、演者として参加する気はもう起こらなかった。

義母が倒れても、責められても、涙ひとつ零《こぼ》さないことについても、「冷たい嫁だ」という印象をまわりに与えただけだった。この世界に自分の味方はいない。その事実が自分の心のなかに氷柱《ひょうちゅう》を立て、私の体と心をゆっくり冷やしていくような気がした。

義母は病院にいるのだから、午後六時に家に戻る必要がない。

私は店がかつてあった場所に立ち、小学生の集団に目を凝《こ》らし、団地に向かう少年がいれば、あの少年なのでは、と思い、彼のあとを追った。店の前を行く小学生たちが、気がつけば集団登下校になり、教師らしき人が同行するようになっても、それが自分のせいだとは思いもしなかった。

ふといつかの飲み会で耳にした同級生の中畑君《なかはた》のことが頭に浮かんだ。

改札口で少年にしつこくつきまとい、警察につかまったという噂があった。あのまじめな中畑君がどうして……同級生たちは皆、大げさに眉をひそめて、心配する素振りをしていたが、彼らには中畑君の気持ちなど終生理解できないだろう。老いていく者として、彼は少年に何かを託したかったのだ。漠然とした思いなのか、具体的な物なのか、それはどちらでもいいような気がした。そして、なぜだか、自分は中畑君ほど病んではいない、という自信が私にはあった。

ある日、夏子が来た。その目は慈愛に満ちている。上にいる者が下にいる者を見るときの視線だ。山城君にノートを渡したとき、私もこんな視線を向けていたのかもしれないと思うと、小学生の自分に吐き気がした。夏子は私に近づき、私の肩をそっと抱き、優しげな声を出す。

「由紀子、少し、疲れているんだよ。駅裏にいい病院があるから、私といっしょに行かない？」

そのとき、あの少年が目の前を通り過ぎたような気がした。黄色い帽子が人にまぎれて見えなくなる。やはり少年は団地のほうに歩いていく。肩に置かれた夏子の手を振り払って私は駆けた。

「由紀子！　由紀子！」私を呼ぶ声と、私をつかまえようとする夏子の足音。

それでも、私の足のほうが少し速かった。ほとんど全速力で走るようなスピードで、団地に向かった。それでも私の先を行くはずの少年の姿が見当たらない。冬の夕暮れは早い。あたりはもうすっかり夜だ。街灯は相変わらず暗く、敷地には誰もいない。シャーッ、という音がくり返し聞こえるのは、スケートボードを駆る音だろうか。

足はいつか訪れたB４棟に向かっていた。入口に入り、あの少年がいるはずの三階まで外階段を上がった。なぜだか廊下には照明が点いていなかった。廊下に面した部屋から、灯りが漏れている、ということもない。奥に行けば行くほど、漆黒に染まった闇が広がっていた。それでも、あの若い男が出てきた部屋の前まで行ってみる。思いきってドアを叩く。反応はない。ドアの郵便受けには、けばけばしい広告の束が突っ込まれている。あの男も、少年も、いったいどこに行ってしまったのか。いや、二人だけではなく、団地そのものから、すべての住人が消えてしまったような静けさが広がっている。遠くから聞こえるのは、あのスケートボードの音ばかり。深いため息をついて、私はB４棟を出た。外に出て、団地群を見上げる。灯りが点いている部屋はひとつもない。私が知らぬ間に、団地の取り壊しが決まったのだろうか。

誰もいない団地の敷地から、貯水池に向かって歩いた。

池と人とを遮《さえぎ》る役割はとうに終えて、ただの錆《さ》びた針金のかたまりになったフェンスを乗り越え、私は池に近づいた。そばにある街灯は点滅していて、灯りが消えているときは、それはただの黒い水溜《みずた》まりだ。水辺にしゃがんで、私はトートバッグからツバメノートの束を取り出した。こんなものをいつまでも持っているから、妄執に囚われてしまうのだ。夏子に言われるまでもなく、自分が怪しい、おかしい女になっている、という自覚はあるのだ。私は黒い水面に向かってノートを放り投げた。開いたノートの白が狭い水面を覆い尽くしていく。しばらくの間、その白に目を凝らした。ノートはたっぷりと水分を吸収すると、そのうちの数冊は黒い水のなかにゆっくりと沈んでいく。

そうすることで、私は、このまま、怪しい女になってしまうことに自分でストップをかけた。

私は明日から、また、新しい仮面をかぶって、よき妻、よき嫁、よき親を演じきるのだ。それ以外に、私ができる役はない。そのとき、みー、みーと、足元で声がしたような気がして視線を落とした。黒い子猫が私の足元にまとわりついている。しゃがみこんで、撫《な》でようと手を伸ばした瞬間に、黒猫はシャーッと声を出し、私の手の甲に爪がくい込んだ。「痛っ」と思わず声が出て、自分の手を見ると、赤い線がいくつか、所々、丸く血が膨らんでいる。背中の毛を逆立てた黒猫の目が光った。蛍光ペンの黄色だった。

そのとき、足が滑った。池の縁のぬかるみに足をとられたのだ。

左足が、粘度の高い池の水に浸《つ》かり、バランスを崩した。足首から腨まで、ずぶずぶと池にはまり、腰のあたりまで浸かったのはあっという間のことだった。とぷり、と音がして、鼻先に水面が見えたとき、めちゃくちゃに体を動かした。けれど、体を動かせば動かすほど、有機体が多く溶け込んでいるような、とろりとした冷たい水と泥に搦《から》め捕られていく。いくら、もがいても池の底に足がつかない。そのことに恐怖を感じると同時に、なぜだか自分のなかに浮かび上がってきたのは、もういいかもしれない、という思いだった。私は長く生きすぎた。本当なら私の人生は四十七まで。山城君の人生は十三まで。

山城君の倍以上、それよりもっと長く生きて、私はなんにも成し遂げることがなかった。鼻先が冷たい水に浸かっていく。ずるりと、池の底に引きずり込まれていく感覚がある。私を引きずり込むのは山城君だろうか。もしそうだとするのなら、たとえ、それが恨みの感情であっても、そこまで私に強い感情を持ってくれる山城君のことを私は憎むことができそうにもなかった。水面にまだ浮かんだままのノートの白が目に入った。

その白を見たとき、なぜだか腕を伸ばして、足で水のなかを蹴っていた。池の縁に向かって平泳ぎの要領で水を掻いた。コートも洋服も池の水を吸って、ずっしりと重たい。やっとの思いで池の縁に手をついた。上半身を腕の力で持ち上げる。冬だというのに、自分の体から、えずくような激しい臭気が立ち上る。自分の目の前に、白く粉を吹いた細い子どもの足が見えた。昔の子どもが履いていたようなズック。靴下は履いていない。私はその足を両手で摑《つか》んだ。体温は感じない。その上にあるはずの、子どもの顔も見えない。街灯はまだ点滅している。月は雲に隠れ、星すら見えない暗い夜だ。けれど、目のあたりがかすかに光ったような気がした。さっきの黒猫と同じ、蛍光ペンの黄色。

「山城君？」

返事はない。私は今一度聞いた。

「……山城君なの？」

そう聞いた瞬間、強い衝撃を感じた。子どもの足で額を蹴られたのだと理解したのは、再び、水面に大の字に浮かんでいるときだった。ぱたぱたぱたぱたと、一人の子どもが駆けていく小さな音がする。顎を下げて、その姿を認めようとすると、目の端に黄色い帽子が見え、その後ろを跳ねるように黒猫がついていく。やがて、耳に水が入り、一切の音を遮断した。鼻に、口に、水が入り、私の体に空気が侵入してこなくなった。顔が水中に浸かり、水面が徐々に遠のいていく。あそこに見えるのは、開いたツバメノートの表紙だ、そう思った瞬間、体はいっそう重くなり、ゆっくりと水のなかに自分が沈んでいった。

私が池の底に沈んでいったあと、池の水面は再び、鏡面のような静けさを取り戻した。それを待っていたかのように、雲間からやっと月が顔を出した。蛍光イエローの月が、いつまでも水面を照らし続けていた。

ルミネッセンス

何をしたら不倫というのか、どこからが不倫でどこまでがそうじゃないのか。

仕事の合間とか、トイレに立った隙とか、ベッドで瞼《まぶた》を閉じる瞬間とか、礼子《れいこ》と会うようになってからというもの、いろんなタイミングでその問いが頭に浮かぶ。もし自分がしていることが不倫なのだとすれば、発覚後の制裁の大きさに身が震えるような気もした。制裁をするのは世間だ。世の中がこんなふうに不倫に目くじらを立てるようになったのはいつの頃からなのか。体の交わりまで発覚すれば、俳優もテレビタレントもまるで人殺しをしたかのような重罪人扱いだ。

昔はどうだったか。身近な同性として死んだ親父のことを思い出す。幾人か、女の影があったのは俺も記憶している。だが、母は離婚を口にしたり表だって父を責めたりも（少なくとも俺の前では）しなかった。昔はよかった、とは口が裂けても言いたくはないが、昔のほうが世の中の善悪の網の目は大きく、いいことも悪いこともそこを悠々と通り抜けていたような気がする。

礼子と体の交わりはない。

月に一度、車のなかで会い、礼子と話す。世間話がほとんどだ。それを不倫というのか。

不倫ではないような気がする。けれど、礼子と二人きりで会っていることを、ほかの同級生にも、妻にも話してはいない。もちろん、妻と離婚する気などない。そういうことから始まるんだよ、と誰かに言われそうだが。

道とは呼べないような山道を押し広げるようにゆっくり走っていく。

フロントガラスに両脇の枝があたる。礼子は助手席で押し黙っている。香水ではない、我が家とは違う柔軟剤の香りがする。この道の先は別の山道に続いてはいるが、その先には民家などないから、滅多なことでは人も車もやってこない。ほんの少しだけ平らに開けた場所で、そこからは俺と礼子の住む町、育った町が見える。そこで車を停《と》め、礼子と話した。子どもの将来のことや、中学時代の想い出のこと。話の時間軸は前に進んだり、後退したりした。狭い車のなかで、俺は十四になったり五十五になったりした。

礼子が使い込まれたアウトドアブランドのトートバッグのなかから、まるで手品のように銀色の丸い物体を取り出し、俺に渡す。ゆっくりとアルミホイルを開く。丸い玄米のおにぎりが顔を出した。中身はいつも梅と昆布の佃煮《つくだに》でそれも礼子の手作りなのだという。玄米は土鍋で炊くらしい。それだけで飯がこんなにうまくなるものだろうか。礼子も同じものを口にする。

「うまい。本当にうまいな」思わず口に出てしまう。

礼子の頬のあたりが赤みがかる。照れを隠すように途端に饒舌《じょうぜつ》になる。

「娘二人がアトピーだったから。使えない市販の食材も多くてね。別に主義主張でそうなりたかったわけじゃなくて、自然にそうなっちゃった。玄米もお味噌《みそ》も醤油《しょうゆ》も普通のスーパーで買えないからエンゲル係数がすごいの。自然食品屋ってなんでも高いからね。それで私が駅前のなんでもありの業務スーパーでパートしてるって、なんだか本末転倒じゃない？」そう言って笑った。

水筒に入れた玄米茶を紙コップに注いでくれる。温度も適温でうまい、とまた思った。俺の家であたたかいお茶を飲むことはない。お茶といえばそれは冷蔵庫に入ったペットボトルのお茶で、そのことに不満などなかったが、今飲んでいるお茶で一日が始まれば、その一日はどんなに穏やかになるだろうか、とも思う。

ふと、自分と同じ紙コップを持った礼子の手を見る。皺《しわ》が多く、ごつごつと血管が浮き出ている。長い年月、働いてきた手だ。ネイルの彩りもない。おにぎりを手にした自分の手も同じようなものだ。同じように年齢を重ねてきた人間が二人。同級生、同い年、というだけで、心の奥底がゆるむ。安心感がある。

俺と礼子がこんなふうに会うようになって半年になる。ただ会って、たわいもない話をしている。自分のことをことさら清廉潔白《せいれんけっぱく》と言うつもりもないが、彼女に触れたことも触れようと思ったこともない。自分の家族のことも彼女の家族のことも話題にのぼる。自分のなかに礼子の家族のデータが自然に蓄積されていく。

夫は中堅の食料品メーカーで営業をしている（このことは礼子自身からではなく、同窓会で夏子《なつこ》から聞いた）。子どもは娘が二人。高校生と中学生。礼子の父が亡くなったことをきっかけに母の介護が必要になり、埼玉に建てた一戸建てを売って、この町のマンションに戻ってきた。俺は他人からそう思われていないのかもしれないが、女性と話すのが不得意だ。そんな俺の現状を礼子は自然に聞き出す。子どもは大学生の長男を筆頭にすべて男。妻は近くのホームセンターの日用品売り場でパートをしている。生まれたときからこの町を離れたことがない。高校を卒業して亡き父の仕事、内装業を継いでもう数十年。実家に一人住む母はデイケアに通っていて、そのための準備や日常の雑務は自分が担当している。礼子はそんなことを自然に聞き出し、彼女のなかに俺のデータを蓄積させた。そのことに何か深い意味があるのか？　それはわからないが、自分のことを、自分の今の日常を自分で言葉にして誰かに話すことに、自分の心をこんなに慰撫《いぶ》する効果があるとは思わなかった。受けたことはないが、カウンセリングとはこんなものなのだろうか、と思ったりもした。小一時間礼子と話す。来た道をバックで戻って大通りに出て、駅のロータリーで礼子を降ろす。小さな町だ。誰かに見られればやっかいなことになる、と思いながら、自分がしていることは浮気でもなんでもないのだから誰かに咎《とが》められることもないのだ。そう自分に言い聞かせた。礼子は俺と会う日には必ず、おにぎりやサンドイッチを持参し、俺に食べさせた。礼子にとって俺に月に一度会うことはピクニックのようなものなのではないか、と。ピクニック。五十を過ぎたおっさんが、頭に思い浮かべる言葉ではないな、と心のなかで苦笑しながら。

中学、高校、そして今に至るまで、この町に住み続けているのなんて、本当に俺くらいのものだった。大学進学（この町からだってほとんどの大学は通えない距離ではない）や就職を機に、多くの同級生がこの町を離れた。そして、新しい家庭を持ち、自分の親をこの町に置いたまま、どこか違う町に新居を構える。自分だけがこの町にいて、その移り変わりを見ていた。仕事と家族のことを考えれば、俺はどこにも行けない。三十代、四十代の半ば頃まではそういう鬱屈がどこかにあった。けれど、五十も近くなった頃、ぽつり、ぽつり、と親の介護のためにこの町に戻る人間が現れ始めた。愉快だった。なんだ結局、みんな戻ってくるんじゃないか。意気揚々とこの町を捨てたくせに。

そんなある日のこと、母親に頼まれたものを買いに出向いた和菓子屋で中学校の同級生に声をかけられた。テニス部にいた福沢《ふくざわ》夏子だった。

「ねえ、今度、みんなで一度会わない？　こっちに帰ってきてる子も多いのよ」

曖昧《あいまい》な返事をしたが、中学のときから夏子の強引さと押しの強さと行動の早さは変わってはいなかった。携帯番号もその場で聞かれた。逃してなるものか、という圧も感じた。

「みんなそれぞれ忙しいんだろうから、ま、そのうちな」

と、返事をしたつもりだったのに、会った三日後には携帯に連絡が来た。翌週の週末にこの町にいる同級生たちと駅前にある大型チェーンの居酒屋で会うから、店も押さえたから、と前のめりだ。誰が来るかは事前に夏子に知らされていたが、そのなかに礼子の名前を確認したと同時に、中学時代の想い出が濁流のように蘇《よみがえ》ってきて、吐き気すら覚えたほどだった。中学一年、二年と同じクラスであった礼子は、いわば自分にとって初恋の女性だった。けれど、好きだなどと伝えたことはない。ただの一方的な思いだった。勉強ができてクラス委員で、確か手芸部だった。そんな女子が自分に興味を持つなんて思いもしなかったし、実際のところそうだった。

夏子に会ったその日から、俺は隙があれば、中学時代のことを思い出すようになっていた。

勝ち組とか負け組とか親ガチャとか、今はそういう言葉があるが、自分らの子どもの頃はもっときっちり、生まれたときからの（厳密に言うなら生まれる前からの）「区別」があった。高台の住宅地に住むサラリーマン家庭と、その山の裏に立つ団地家庭、さらに駅前の商店街の子ら。その中心にある中学校では、さまざまな流れのなかにある子どもたちが混然と学校のなかでシャッフルされていた。されてはいたが、同質の価値観を持った同士で友だちになることが多かった。サラリーマン家庭の子はサラリーマン家庭の子と。団地組は団地組で。駅前の商店街の子らは商店街の子らと。同じ流れで育った者同士で徒党を組んでいた。

俺が中学の頃は、学校が荒れていた時代だった。屋上に行けば、煙草《たばこ》の吸い殻がいくつも落ちていたし、ある朝、学校に行けば教室の窓ガラスが割れていたこともあった。自分は喫煙も窓ガラスを割りもしなかったが、同級生と喧嘩《けんか》をしない日はなかった。理由はなんでもよかった。相手はいつも自分と同じ駅前の商店街の子だった。自分のなかにはいつも喧嘩の種火がついていて、いつ燃え上がるかは気分次第だった。それで教師に殴られたり、親が呼びだされたりもした。小学校からの同級生以外は怖がって俺に近づかなかった。

それでも自分自身も、自分のいる中学の不良の度合いも、それほどではないと知ったのは、隣の中学では常時、校内を警察官が闊歩《かっぽ》しているという噂《うわさ》を聞いたときだった。それに学校のなかで、意外にも派手な悪事を働くのは、団地の生徒や駅前商店街の子らではなく、サラリーマン家庭の子どもらだった。それ以外の生徒は、学校にいる間は不良を気取っていても、放課後には家業や、家事を手伝っている子どもらが少なくなかったはずだ。

いったいいつの時代のことか、と笑われるかもしれないが、自分が生まれたのは昭和で、戦争が終わってからまだ二十数年しか経《た》っていなかった。それでもいつまでも終わる気のしなかった昭和はあっという間に終わって、平成、令和……そのスピードに加速がついている。

自分は駅前の雑然とした通りの内装屋の長男として生まれた。父は滅多に言葉を発しない職人で、自分もいつから父の仕事を手伝い始めたのか記憶にもない。小学校の頃には、狭い場所の壁紙くらいは一人で綺麗《きれい》に貼れるようになっていたはずだ。自分の下には妹がいるばかりで、父からは幼い頃から「おまえがこの仕事を継ぐんだ」と言い聞かされていた。エンジニア、というぼんやりとした夢のことは誰にも話したことがない。

勉強の出来も数学と美術以外はごく普通、手が出るのだけが早い、という生徒で、リーダーシップをとれるような人間ではなかった。ただ、なぜだか中学から始めた卓球の腕はよく、部活では他校との練習試合や地区戦の選抜メンバーに選ばれてしまい、鬼教官と呼ばれていた年配の教師に死ぬほどしごかれた。今とは違い部活の最中に水など口にすることはできなかった。階段をうさぎ跳びで跳ね上がる（この運動も今になっては無駄なものだったとわかった。いったいなんだったんだ）。部活の間はいつも、水飲み場の生ぬるい水を喉に流しこみたかった。体力には自信があったが、炎天下の練習で突然鼻血を噴き出して倒れたこともある。しばらくの間、日陰で休んでもいい、とは言われたが、「大丈夫か?」と聞くような優しさは鬼教官にはもちろんなく、卓球のラケットで後頭部をはたかれただけだった。今だったら大問題になるようなことも、俺は反抗することなく受け止めていた。あの時代にはまだ、軍隊のような風習が学校にも教師にも残存していた。

上を向いても鼻をつまんでも鼻血は止まらず、口のなかで血の味が広がった。保健室に行ってこい、と言われたのは、ユニフォームの襟《えり》のあたりまで真っ赤に染まった頃で、俺は一人、どこかふらふらする頭で保健室に向かって歩きだした。まだ血の出ている鼻を片手でつまみ、渡り廊下を歩いていると、礼子とすれ違った。その頃の礼子は髪は肩のあたりまで、前髪を眉毛ぎりぎりのあたりまで伸ばしていた。前髪の下で丸いどんぐりのような目が光る。

「ちょっと石崎《いしざき》君、どうしたの？　血だらけじゃない」

そう言って礼子は制服のスカートのポケットから真っ白いハンカチを取り出したのだった。ハンカチの隅には赤い糸で礼子の名前が刺繍《ししゅう》されていた。清潔さを絵に描いたようなハンカチだった。まさかそんなもので血を拭《ぬぐ》うわけにもいかず、自分はただ首を横に振って保健室に向かって走り出した。ハンカチを手にしていた礼子の爪の形だけが脳裏に深く刻まれた。自分がひどく汚いもののように感じた。

「石崎君！」と礼子は自分の名を呼びはしたが、追いかけてくる気配はない。深くかかわるつもりもないのだ。その程度のものだよな、と思いながら喉の奥に落ちてくる血を飲み込んだ。血の味じゃなく、錆《さび》の味がした。

けれど、その日以来、俺は礼子の姿を素知らぬ顔で、目で追ってしまうようになったのだった。同じ教室にいれば自然に礼子へ視線が動く。誰かに気づかれたら大ごとだし、囃《はや》されたくもなかったから、すぐに顔を背《そむ》けた。それが礼子を好きなのだ、という気持ちとイコールであることに長い間気づかなかった。礼子は快活で可憐《かれん》で彼女のまわりには彼女と同じような女友だちがいつもいた。あの日以来、礼子と一対一で話すこともなかった。自分以外にも、礼子のことを好きな男子は多くいたはずだ。自分と同じように、礼子を目で追う男子の姿を目にしては、ぶんぶんと花のまわりを飛ぶ蜜蜂のようだと思った。そして、自分もその蜂の一匹でしかない。

中学三年では別のクラスに分かれた。礼子には有名私立校に通う彼氏がいるのだという噂が瞬く間に広がり（真偽のほどは今になっても知らない）、ああ、と深く落胆したときに初めて礼子が好きだったことに気づいた。ただ、それだけだった。自分の初恋はそこで終わった。けれど、その経験で、礼子が、自分が好きになる女性のタイプの鋳型を作ったことは確かだった。頭が良く、美しく、快活で可憐な女。礼子は私立のミッションスクールに進み、自分は中堅の県立高校に進んだ。礼子とはそれ以来会わなかった。同窓会など行ったこともなかった。高校に進んでも礼子のような女を好きになった。けれど、そういう女は自分のことを好きにはならない。中学のときと同じだ。同じ生まれの者同士が徒党を組む。暖流と寒流のように、違う流れにいる者同士は交わっているかのように見えて、実際のところ交わってはいない。本当の意味で出逢《であ》ってはいない。

高校を出て、父について仕事を始めた。二十代のときには、仕事のつきあい先の人たちから夜遊びを覚えさせられ、実際のところ、そういう女たちにはまった。自分が「彼女」と称していた女性たちのほとんどが、夜の女たちだった。自分と同じ流れにいる、と、そのときはそう思った。けれど、結婚は別だ。彼女らがいる流れはもっと暗く、冷たい。そんな場所にいる彼女らに手を差し伸べる気はなかった。自分はその程度の冷酷な人間なのだ、そういう自覚はあった。

結婚をしたのは二十八のときだ。結局、見合いのような形で自分は今の妻と家庭を持つことになった。同い年や年上の女とばかりつきあってきたから、六歳下の女に頼られる、ということが新鮮でもあった。短大を出てＯＬをしていたが、結婚を機に仕事をやめた。当時、女性のほうはそういうケースが多く、彼女も俺もそのことに疑問すら抱かなかった。共働きの友人もいるにはいたが、いつ会っても、浅い息をして、連れ合いへの呪詛《じゅそ》をぶつけられた。そんな結婚生活は傍《はた》で見ていてもうんざりした。

駅前の実家の仕事場はそのままに、改装して年老いた両親を住まわせ、自分と妻は隣町との境にある新興住宅地に建てられた家に住んだ。同じような家が三十棟は並ぶ、その風景は遠目に見れば異様なものに見えたが、新築の家に新婚で住む、という喜びのほうが勝った。子どもは三人次々に生まれ、成長すれば、まるで大型犬を三匹飼っているかのような日々が続いた。妻は家事と育児に疲れ果て、自分は生活費を家に運んだ。子どもと遊んだ記憶はあるが、家事や育児を手伝った記憶はない。妻からそれを指摘された覚えもない。バブルが弾《はじ》けたあと、仕事が激減した時期もなんとか乗り越えた。どんなに小さな、安い仕事でも決して手を抜かない。生活費だけは毎月きちんと渡す。それだけを心に決めて、早朝から深夜まで働き続けた。

家に帰るたび、朝見たときより息子たちは大きくなっているような気がした。食事を落ち着いてとれた記憶もない。いったいいつまでこんな騒がしい日々が続くのだろう、と半ば諦めかけていたが、長男が高校に入り、次男が中学に入る頃には、家のなかにほんのわずかな静寂が生まれるようになった。それぞれの自室を与えられた長男と次男が部屋から出てこなくなったからだ。家に帰ると、末の三男だけがリビングでテレビゲームのコントローラーを操っている。

「兄ちゃんたちは?」と聞くと、

「部屋でパソコン」と答える。ゲームなのか、YouTubeなのかはわからなかったが、部屋のドアに耳をあててもかすかな音もしない。ヘッドフォンをしてパソコンに向かっている姿は容易に想像できた。あいつらもそういう年齢になったのだ、と自分を納得させた。長男や次男を連れていってやれなかった罪ほろぼしか、三男だけを連れて、キャンプや釣りに行くようになった。

長男と次男の変化について、妻と話し合ったことはない。二人とも成績は悪くない。ただ、自宅にいるときに部屋に閉じこもっている、というだけなのだ。教師や第三者に相談するような問題でもない。ただ、ふと思うこともあった。自分らが彼らの年齢のときに持っていたような暴力性……むしゃくしゃして窓ガラスを叩《たた》き割りたくなるような気持ちは、彼らのなかにあるのか、最初からないのか、それとも心の奥底に隠しているだけなのか、それだけが不可解だった。思えばわかりやすい反抗期も彼らにはなかった。しかるべきときにしかるべき反抗をして発散をしておかないと、何か大人になったときに悪い見返りが来るのではないか。反抗期がない子どもは大人になって爆発する、なんていう話を聞けば心が曇った。だが、長男も次男も自分を嫌っているわけではない。顔を見れば、「おう、親父」と笑顔を見せるし、食事の時間には部屋から出てくる。終わるとも思えなかった子育てが終わりに近づきつつあるのだ、と改めて自覚させられた。その頃からだろうか。妻の爪がカラフルに彩られるようになったのは。

妻はまだ四十代後半だ。今の時代、老いを感じる年齢でもない。こまめに白髪を染め、睫《まつげ》を増やし人工的にカールさせた。まだ、諦めてはいない、という意志が妻から感じられた。何を？　女で居続けるということを。妻に男がいるとはっきり認識したわけではない。けれど、時折、自分以外の男の影を彼女にふいに感じることがある。

恐ろしいのは妻が誰かに抱かれている想像をしても心がぴくり、とも動かなかったことだ。

妻との肉体的な交わりが消えて、もう五年近くが経つ。

それはまるで恐竜という種が、時間をかけて途絶えていったのと同じように、ゆっくりと減り、そして消失した。元々、性に対して強い欲望を持つ人間ではなかった。それでも、子育て真っ最中の時期には、セックスレスとはいえないほどの交わりはあったはずだ。けれど、どこかの時点で、もう十分に、し尽くした、と思ったのだった。もっと正直で残酷なことを言えば、妻との交わりに飽きていた。いつもと同じくらいの時間をかけて、同じ手順で、同じ反応が返ってくる。いつもと同じくらいの快楽。そういう性的なもの、すべてのものに飽きていた。これについて、妻と膝をつき合わせて話し合ったこともない。彼女が何も言わないのであれば、きっと妻も同じ気持ちでいるのだろう、と自分は勝手に解釈して、その問題を乱暴に自分の人生の外に投げ捨てたのだった。夜の女たちとは結婚はしないと心に決めたあのときと同じだ。

だからといって、妻以外の女性を家の外に作り、家庭を壊すつもりなど毛頭なかった。極端なことを言うようだが、妻に外に男がいても、俺の目に触れないのならば、何をやっていてもよかった。妻や子どもたちはもう絶対に自分の身から外すことのできないピースだった。形だけの家族でかまわない。それでも自分には必要だった。彼らのために働き、日々、彼らの幸福を願って自分は生きている。そこに嘘《うそ》はない。自分の仕事も自分の代で終わるだろう。息子のうちの誰かに継がせるつもりもない。自分にはなかった自由な選択を与えたかった。自分の代でこの仕事が終わるのならばそれまでのこと。まだまだ体は丈夫だ。七十くらいまで仕事ができたなら……それが自分のかすかな日々の希望であった。あの日が来るまでは。

「なぜこんなになるまで放置していたのか」と医師にまくしたてられたが、目の前をちらちらとほこりのようなものが飛ぶとか、視野に歪《ゆが》んだ部分があるとか、彼が言うような自覚症状はなかった。目、特に右目が見えにくいのは若い頃からの極度の近視のせい、それに老眼が進んだせいだと思っていた。

自分は今まで大病をしたことがない。妻にすすめられて受けていた市の健康診断でも異常を指摘されたこともない。もちろん目もそうだ。そこに自分の弱点があることなど想像もしなかった。もう少しよく考えてみれば内装業が目を酷使する仕事だということはわかるはずなのに。左目は今から治療すれば間に合う。けれど、右目は少しずつ視力を落としていずれほとんど見えなくなるだろう。医師は自分の顔を見ずにそう言った。

「ピカッと閃光《せんこう》のようなものが見えたらすぐに病院に来るように」

医師に釘《くぎ》を刺されても「そうですか」としか返事ができなかった。

病院の駐車場を出て、そのままショッピングモールの駐車場に向かった。買い物をしたかったわけでもない。人気《ひとけ》のない場所に車を停めて、ミラーに自分の両目を映してみる。外から見ただけでは、異常があるようには見えなかった。右手で右目を隠してみた。予想外に外の世界は暗くなる。仕事も、多分、運転もできなくなるだろう。それでも両目でなくてよかった、という事実に救われる気もしたが、不自由な世界が自分の目の前に広がっていくことは確かなのだ。西日が目を射た。右目に涙が滲《にじ》む。まぶしさのせい、ということにしておきたかった。

妻にはその日に事実を告げた。

「そっか。でも早期退職したとでも思えば。お金のことはなんとでもなるし」

いや、俺がなんとかしてきたのだ、と言い返したかったが、妻のその何事も深刻にとらえない性格に助けられてきたことも、また事実なのだった。話せば、また、涙が滲むだろうか、と思ったが、両方の目は乾いたまま、ソファに寝そべる妻をただ見ていた。

医師にそう告げられた時期に一回目の同窓会があった。

夏子が声をかけた六人の男女が集まっていた。中学以来会う奴《やつ》もいて、口には出さないが、お互いの老いに驚いていたはずだ。女子(という年齢でもないが)は特にそうだった。髪や爪を染め上げ、丁寧な化粧を施しても、同い年の集まりでそれがなんになるというのだろう。

礼子は自分の目の前の席に座っていた。

「パートしているの。駅前の業務スーパーで」

そう言う礼子ももちろん中学のときのあの礼子ではなく、自分と同じ年齢の女性なのだが、目のあたりにどこかあの頃の面影がある。こめかみや頭頂部の白髪はそのままで、それは彼女の生活の忙しさを物語ってはいたが、嫌な気持ちにはならなかった。酒のせいではなく、初恋の人を前にして、自分の心のなかにある大きな氷河が、じり、とかすかに動いたのは事実なのだった。そんな心の動きを忘れていた。ずっとずっと前から。見るともなしに礼子を目で追ってしまう。自分の網膜に映る礼子に喜びを感じた。中学の廊下であの日、礼子がハンカチを差し出したときと爪の形が変わっていないか知りたかった（確認できなかった）。ひどく酔いが回っているのか声量がどんどん大きくなる夏子が、みんなで携帯の番号を交換しようと言い出した。気がつけば自分の携帯に礼子の番号があった。この番号に自分からかけることはないだろうな、と思いながらも、自分の心のなかの氷河は割れて、どこかの海に動き出した、と感じずにはいられなかった。

それから礼子と二人で会うようになるまであっという間だった。

何か事を急《せ》いていたわけではない。狭い町のなかで俺と礼子は自然に顔を合わせた。あの大衆居酒屋での同窓会から数カ月後、夕方になっても気温の下がらない猛暑日だった。仕事を終え、車が赤信号で停まっているときのことだった。ふと脇の道に目をやると、見覚えのある人間の姿があった。買い物帰りなのか、両手に重そうな荷物。片方のエコバッグから葱《ねぎ》が飛び出している。

「吉岡《よしおか》」俺は助手席の窓を開け、礼子を旧姓で呼んだ。

「早く乗って」ドアを開ける。礼子はもちろん断ったが、後ろの車がクラクションを鳴らしている。慌てて礼子は乗り込み、足元に荷物を置いた。

「家の近くまで送るから」

「車、夫が乗って行ってしまって。母に買い物頼まれる日なのに。しかもパートで」

そんなことをぶつぶつ言いながら、トートバッグのなかから小さなタオルハンカチを手にして額や首の汗を拭う。

「ごめんね、私、汗まみれで。シートが汚れちゃうね」

「仕事用の車だから気にしないで」そう言うと、自分の横顔を見て礼子が微笑《ほほえ》む。自分は前を向いたままだったが、その視線の強さに鼓動が速くなるのを感じた。礼子が自分の顔を見ている。ただ、それだけのことで。

「この前、楽しかったな。夜に出かけたのなんて何年ぶりなんだろ」

礼子は独り言のように、まるで幼い少女のようにくり返し、前を向いたまま言った。横断歩道を浴衣《ゆかた》や甚平姿の就学前くらいの子どもたちが歩いていく。

「何、今日、お祭りかなんか？」

「いや、この先の小さな川にさ、蛍が出るようになったんだよ。地元の若い奴らが川を綺麗にしてさ」そう言って自分は礼子も知っているであろう川の名前を口にした。

「へええっ、あの川が。私たちが子どもの頃にはヘドロまみれだったのに」

「ヘドロって言葉、久しぶりに聞いたな」

「やだ、もう、人を年寄り扱いしないでよ。でも確かに言わなくなったね」

そう言って礼子は笑った。

「家族で見に行けばいいよ。車ですぐだよ」

「……」礼子が押し黙る。悪いことを言ってしまったか、とすぐに後悔した。

「……まあ、うちは石崎君の家みたいに仲良しファミリーでもないから……長女も受験生だし」

そこまで言うと、ぷいと顔を窓に向ける。その子どもじみた仕草に心のなかで笑う余裕もあった。それなのに、ふいに口をついて出た言葉は自分でも予想外のものだった。

「行きたいなら連れてくよ。すぐそこなんだから」

そう言ってからひどく口が乾いた。何を自分は言っているのか。礼子を誘っているという事実にめまいがした。礼子はまた押し黙って何も言わない。

「マンション、この道でいいんだっけ？」

さっきの発言はまるでなかったかのように俺は口を開いた。

「うん、でも次の信号でいいよ。私道に見慣れぬ車が入ってくるとうるさいおばさんの家がマンションの手前にあって」早口でそう言うと、早くもシートベルトを外し、足元の荷物に手をかける。助手席のドアを開ける。

「じゃあ、また。本当にありがと」

「おう、またな」

会話はそれで終わった。バックミラーの礼子の姿が小さくなっていく。なんだってあんなことを。自分に自分が驚いていた。さぞ、気持ちの悪い男だと思ったはずだ。けれど、その夜に携帯にメッセージが来たのだ。

「今日は本当にありがとう。助かりました。蛍、いつか見に連れていってください」

氷河の一部にレーザービームが放射された気分だった。このメッセージになんと返事をしたらいいのか。夕食は早々と終わり、長男と次男は部屋に閉じこもり、三男はもう寝ていた。妻はいつものように長い風呂。水音が途切れない。誰も自分を見ているはずはないのに、まわりを見回した。そして、携帯をデニムの後ろポケットにしまう。妻が風呂から出てくる。長い髪をタオルでまとめ、バスローブ姿で冷蔵庫から缶ビールを出す。こちらに歩いてくるときに太腿《ふともも》があらわになった。右の腿に赤くうっ血した箇所がある。やはり、妻には男がいるのではないか。そう思いたいのかもしれなかった。何かにぶつけた痕《あと》かもしれないのに。礼子からのメッセージにその日は返事をしなかった。特別なことだと思いたくはなかった。同級生が地元の町に帰ってきて、蛍を見たいというので連れていく。ただそれだけのことだと思いたかった。

翌日、まるで仕事相手へのメールを返すように礼子にメッセージを送った。

「こっちはいつでも。そっちの都合に合わせます」

時間がくるくると巻き戻っている、と思った。いや、自分の力で巻き戻している。中学のときにできなかったこと。それを、五十を過ぎてやろうとしている。礼子がどんなつもりで蛍を見に行きたい、と思ったのかわからない。単純に蛍が見たいのかもしれない。けれど、そんなことがあるだろうか。いや、まさか。心は乱れた。乱れたけれど、そんな部分が自分のなかにまだ残っていたことがうれしくもあった。自分が息を吹き返していると思った。息を吹きこんでいるのは、礼子だ。礼子との想い出だ。そうして、俺と礼子は二人だけで蛍を見に行ったのだった。

「パートの帰りだから。本当にほんの少しでいいの」

礼子はそう返信してきたが、時間にすれば午後八時に近い。

「ちょっと神内《じんない》さんと打ち合わせがてら呑んでくるわ」

「オッケー」床でストレッチをしながら妻が言う。夜に同業者や仕事の関係者と呑みに行くことは少なくない。妻もいつものことだと思ったはずだ。タクシーを呼んで仕事場まで行き、仕事場で自家用車に乗り換えた。駅前のロータリーで礼子を拾った。パート帰りのせいだからか、少し疲れた顔をしているように思えた。ここから十分ほど車を走らせればすぐに川に着くと見当をつけていたが、実際はもっと早く到着してしまった。川辺に沿って幾台かの車がある。知り合いがいないか、と思わないこともなかったが、やましいことをしているわけではない、と自分に言い聞かせた。車の外に出るつもりもなかった。そうして礼子と二人、車という密室の暗闇のなかで息を詰めて蛍の点滅を待った。

右目がいつか見えなくなるということと、礼子と個人的に、つまり二人きりで会ったことになにか関係があるのか、誰かにそう問われればあるような気もした。この十数年、仕事と家庭のことを優先させてきた。働きづめだった。その結果が右目の失明だ。自分は少し息抜きをしても罰は当たらないのではないか。

はるか遠くに、小さな豆のような光がまるで呼吸のリズムで点滅しているのが見えた。とはいっても想像よりはるかに光は弱く数も少ない。

「なんだかあっけねーな」と俺は笑ったが、礼子は笑わなかった。

暗闇のなか、助手席のシートで体をかたくしているようにも見える。同級生とはいえ、礼子と特別に親しかったわけでもない。既婚の男と密室にいるのは怖い気持ちにもなるのだろう。とはいえ、誘ったのは礼子だ。それでも、何もする気はない、という意思表示のため、車内のライトを点《つ》けた。ふと礼子のほうを見ると、俯《うつむ》き、伏せた瞼に涙の粒が光っているような気がしたが、まさかね、と思い、ライトを消した。涙の理由に接近するのは危険だ。自分の心のどこかでアラームが鳴っている。何も言うまい、と心に決めた。しばらくの間、沈黙が車内に横たわっていた。口を開いたのは礼子のほうだった。

「こんなに綺麗なもの、久しぶりに見たような気がするな……」

「……」

息苦しさを感じて窓を開けた。ダッシュボードに紙巻き煙草が入っていることを思い出した。いつか誰かを乗せたとき、その誰かがそこに放りこんで、そのままになっていたはずだ。もう何年も前にやめた煙草なのに、たまらなく吸いたくなった。ダッシュボードを開け、煙草を手にして一本をつまみくわえた。とはいえ、火をつけるものがない。唇に白いフィルターが張りついて、それを慌てて爪で剝がした。そんな俺を礼子がかすかに微笑みながら見ている。心を決めたように礼子が一息に言った。

「月に一度、十分でいいの。石崎君、こうして私と会ってくれないかな」

悪寒のようなものが体を震わせたのは、中学のときの自分に戻ったからだ。あのとき、礼子にこんなことを言われていたら、鼻血を出してひっくり返っていただろう。

そのときには曖昧に頷《うなず》いたようにも、無視を決め込んだような気もするが、驚きすぎて記憶もなかった。けれど、それが嘘ではないとわかったのは、

「昨日のこと、お願いすることはできませんか?」

と、翌日、携帯に礼子からメッセージが届いたからだ。

そうして礼子と俺は、月に一度、十分(それで済むわけがなかった。正確には小一時間だ)という約束で会うようになったのだった。

息継ぎだ、と自分は思った。家庭に対しても仕事に対しても憂う気持ちがあるわけではない。けれど、礼子と会うことは自分の生活のなかで休符になる。誰にも知られず、誰に

も話さず、自分は礼子と会い続ける。小一時間だけ話をする。誰に責められることもないはずだ。もちろん妻にも。自分にそう言い聞かせて、自分は礼子と会い続けた。その間にも三カ月に一度のペースで同窓会は行われたが、誰かに知られている気配もなかった。

そうして、あっという間に一年が経った。


「おおっぴらにやんなよ」

俺の顔を見て吐き捨てるように言ったのは長男だった。

一人リビングにいた俺を長男が手招きで呼んだ。土曜の午後。次男と三男は習いごとのサッカーでいなかった。彼らを送りに行った妻もいない。長男の部屋に入るのは久しぶりのことだった。金属製の棚にトレーナーやデニムが畳まれ、その横に整然と並べられたスニーカー。まるでどこかの店に入りこんだようで落ち着かない。長男はゲーミングチェアに座り、俺に向けて腕を伸ばす。その先の手のひらに握られた携帯。彼がピンチアウトして写真を拡大した。自分の車。自分の車のナンバー。何も言い逃れはできない。ドアが開いてそこから礼子が降りるところの写真。見慣れたワンピースを着ている。間違えるわけはない。何も言い逃れはできない。その人とはなんでもない。同級生で月に一度、話をしているだけなんだ。そんな言葉が長男に通用するわけがない。何も言い返せはしなかった。

「いい歳《とし》こいてなんだよ。母親も父親も。自分の奥さんが若い男とカフェにいる写真、見ますか？」

自分は首を振ることしかできなかった。

「なんで、どっちも近場ですますかなあああ」

長男がゲーミングチェアの上で身をよじり、頭をかきむしる。

「老人が盛り上がって気持ちが悪い」

彼のデスクの上、棚の上にいくつも並べられたなにかのアニメキャラのフィギュアを見た。強調されすぎた大きな胸。生物学的にあり得ない細い腰のくびれ。長く伸びすぎた足。これも相当気持ち悪いぞ。そう言いたかったが、言えば、長男に手を出していたかもしれない。自分の鬱屈を長男に向けること、それだけは避けたかった。

長男が手にした携帯を振りながら言う。

「不倫すんな、とか大騒ぎする気はないです。だけど、離婚とか勘弁してよ。子ども三人もいて。シングルマザーだか、シングルファーザーだとかの子どもになる気、自分にはないんだから」

「……わかった」

それだけ言って気が済んだのか、長男は机の上のヘッドフォンを手にとる。その背中に思わず言った。

「……おまえは将来、大学を出て何になるんだ？」

「は？　何それ、今言うこと？　今さら父親ぶりたいの？　何になる、なんて、今通じると思う？　なれるものになるだけだよ」

ヘッドフォンから漏れる爆音のせいで長男の声が大きくなる。もう何も話したくはない、という意思表示だろう。俺は黙って長男の部屋を出た。

「もう会わないようにしよう」というメッセージをその日の夜に送った。

芝居じみた言葉に身がよじれるほどの恥の感覚が生まれる。長男にばれて、礼子と会わないことに決めたのだ。この町で礼子と会っている限り、長男だけでなく、お互いの家族や知り合いの誰かに知られるのは時間の問題だという気がした。かたつむりになった気分だった。おそるおそるつのを出して、長男にちょっと触れられたら、慌ててつのを引っ込める。ただ会って話をしているだけ、なんていう言い訳は不倫を断罪する誰かには通用するはずもなかった。

「最後に一度だけ会ってくださいませんか」

数日後のメッセージで礼子は隣町の駅前のシティホテルを指定してきた。礼子の言葉も茶番じみている。礼子と俺は、恋でも愛でもなかったはずだ。会っているとき、二人の間に何かが生まれた記憶はない。中学時代の初恋の相手。その相手と話ができて楽しかった。年寄りになりかけた者同士、茶飲み話をしていただけだ。なのに、なぜ、そこにいきなり性が侵入してくるのか。礼子はそんな女子ではなかったはずだ。長い年月が彼女を変えたというのか。考えたくはなかった。そう言われても自分は性的な体の交わりなどできないからだ。けれど、最初から礼子が求めていたのは、世間話や想い出話などではなく、生身の体を持った俺だったのではないか。考えれば考えるほど、目の前の視界がくしゃりと、歪んでいくような気がした。この期に及んでも、俺は生身の礼子を無視した。最後の日くらい、ホテルの一室で時間を忘れて話したいのだろう。俺はそう考えた。

　礼子が手のひらに薬を載せて俺の前に差し出すまでは。

　なんの薬とは言わなかったが、なんの薬かはわかる。ネットで見たことがある。性的な交わりができるようになるあの薬。俺はそれを飲んだ。最後に一度だけ。礼子のために、と自分に言い聞かせて。礼子に手をとられ、狭い部屋のシングルベッドに二人横になる。さっき飲んだ薬が自分が想像したようなものではなく、万一、命にかかわる薬ならば、自分はここで命を落とすことになる。長男は自分を罵倒するだろう。妻は？　次男は？　三男は？　彼らがもっと幼いときのことが頭に思い浮かぶ。寝返りをした長男、つたい歩きをした次男、離乳食を口にしたときの三男、俺の高い高いで笑い続ける長男、歩き出した次男、自転車に乗れるようになった三男……。幾多の想い出が自分のなかに堆積《たいせき》している。死なないで。子どもの声が耳をかすめた気がする。三人の子どもたちの声が混じったような声だった。こめかみはかすかに熱を帯びて、頭がぼんやりとする。それが薬のせいなのかどうかもわからない。

　気がつけば下着とストッキングだけを脱いだ礼子が自分の体の上にいた。自分のズボンと下着もいつのまにか下ろされている。突然、局部に粘膜のあたたかさを感じ、粘度の高い水の音を聞いた。礼子は深く腰を下ろし、俺の両脇に手をついて上下に動いた。すぐに高まっていく礼子の声。くぐもった獣のような声。俺は目をつぶった。できることなら、耳も塞《ふさ》ぎたかった。こうしたかっただけなのか。失望が勝手に広がる。中学のときの礼子はいいない。いるわけがない。中学校の渡り廊下、校庭裏の水飲み場、生ぬるい水。礼子の差し出した白いハンカチ。子どもたちの想い出と同じだ。長い時間をかけて記憶は、自分のなかで変質して、いいところだけを自分に見せている。人間は、ヘドロみたいな記憶のつまった袋だ。俺は礼子の腰に手をやった。礼子の動きを支えた。俺は天井を見ている。白くて、なんの変哲もない天井を。局部が熱いだけでなんの快楽もなかった。礼子も果てはしなかった。疲れてしまったのか、自分のシャツの胸の上で荒い息をくり返していたが、そのまま俺の横に寝転がった。礼子が俺だけに薄い布団をかける。肩のあたりをとんとんと叩く。まるで母親が子どもを寝かしつけるときのあのリズムのようだった。

「……弔《とむら》い」礼子が突然言った。

「……なんの？」

「中学生のときの夢だったから。石崎君とこうすることが。ううん、中学二年のときだけじゃない。高校生のときも大学のときも、大人になってからも。結婚してからも。石崎君と同窓会で会った日からずっと。その夢が今日叶《かな》ったの。だからもうその夢は葬り去ることができるでしょう」

そう言って礼子はほんの一瞬、唇で俺の唇に触れた。

「さよなら石崎君」

礼子はそそくさと下着をつけ、靴を履くと、いつものトートバッグを手にする。

「今までありがと」

ワンピース姿の礼子は一礼をして部屋を出ていった。そうして俺は一人部屋に残された。そして、その言葉から俺は始まってしまったのだった。中学生のときの礼子ではなく、五十を過ぎた実体を持った礼子の姿。安っぽい柔軟剤の香り。アルミホイルに包まれたおにぎり。水筒に入ったあたたかいお茶。礼子の作ったものを食べられないのかと思えば心臓を雑巾のように絞られるみたいにつらかった。

礼子とどうやって再び会うことができるのか。どうやったら続けられるのか。俺はベッドの上に体を起こし礼子の携帯にメッセージを送った。

「今すぐに戻ってきてほしい」

もちろん返信はなかった。ホテルを出て車を運転しながら次のメッセージをなんと送ればいいのか頭のなかで考えを巡らせた。車は自然に礼子の住むマンションに向かう。礼子とこの先会えなくなる、と考えたら、また悪寒のようなものが背筋を走っていった。礼子と会えるのなら離婚したっていい。養育費は払える自信がある。子どもがこっちに来たいというのなら、育てるまでだ。だけど、子どもたちは皆、妻の側につくような気がした。

いつか礼子が見知らぬ車が入ってくると文句を言われるといった私道の前で車を乗り捨てた。電車で帰ったとするなら礼子はまだ帰ってきてはいないだろう。駅前で買い物でもしているのなら、なおさらそうだ。マンションのエントランスのあたりに何気なく立って礼子が帰ってこないか待った。マンションに入っていく住人らしき人たちが俺をまるで不審者のように見る。マンションの隣の家からおばさんが出てきて、俺の車のまわりを歩きまわる。手には携帯。警察にでも連絡されたらやっかいなことになる。俺はおばさんに近づいた。

「すぐにどけますから今すぐに」

そう言う俺の顔を憮然《ぶぜん》として見つめながら、それでもわかった、というように彼女がかすかに頷いた。車を近くのコインパーキングに停める。あまりに喉が渇いていて、自販機でミネラルウォーターを買った。その場で一気に飲んでしまう。冷たいが、なんの味もしない。水はすぐさま汗になって額や首やわきの下を濡《ぬ》らす。額の汗を腕で拭った。

礼子のマンションまで再び歩いていく。時間はもう夕暮れに近かった。マンションが見えてくる。三階のベランダに誰かの影が動く。遠目に見ても礼子だとわかった。さっきと同じワンピースを着て、物干し竿《ざお》にかかった洗濯物を次々に取りこんでいる。腕のなかが洗濯物でいっぱいになると、後ろのリビングに放り投げる。女の子が出てきた。中学生の次女だろうか。礼子に何かを言って笑い、礼子も笑い返した。ぎごちなくはあったが、礼子は笑っている。貞淑な母親の顔で。さっきあった出来事を彼女はこの先、どのように抱え、咀嚼《そしやく》していくのか。

弔いよ。という礼子の声が耳元をかすめた。

俺と礼子は出会うことができなかった。最初から出会うことのない二人だった。

車を家とは反対の方向に走らせた。どこに行くあてもない。ただ今日は家には帰りたくはなかった。妻には、今日は実家に泊まる、とただ一言伝えればいい。一般道から高速に入る。スピードをあげる。どこまでもスピードをあげる。どこに向かっているかも知らなかったが、かすかに開いている窓の隙間から風が金属的な音を立てる。

もう夜に近かった。どこかに向かっているようでいて、自分は何かから逃げ出しているのだと思った。自分が作った家庭というものの重さ、子どもたちへの責任、妻というものいつまで経っても不可解な存在。また同じだ。最後まで礼子を実体のある女だと、認識できなかったように、妻と子どもたちの存在も、自分にはまるで虚構なのだ。自分の人生すべてがまるで砂の城のように感じる。年齢を重ねたからか？　それとも。

前を走る車のテールランプを見つめて走り続ける。雷のような閃光が目の前で弾《はじ》けたような気がした。どこかの車が自分に向けてカメラのフラッシュを焚《た》いたのだと思った。目の前に黒とグレイの觔斗雲《きんとうん》のようなものが広がる。テールランプを見つめようとするのだが、その中心の視野が黒く染まっている。そのまわりの景色もひどく歪んでいる。ゆっくりとブレーキを踏み、車線変更をしようとする。後ろからクラクションを鳴らされる。慌ててアクセルを踏んでしまう。目の前に迫っているのは、大型トラックの荷台。ハンドルを大きく切った。自分がどこにいるのか認識できない。車は幾度か回転し、横転した。繰り返される強い衝撃。額が車のどこかに幾度も打ちつけられる。右腕をひどく損傷しているようで、肩のあたりから噴き出す血の熱さを感じる。不思議と痛みは感じないが、暗い視野のなか、目の前を火花が散った。

いや、これは火花ではない。

あの夜、礼子と見た蛍の明滅。自分はもう一度、礼子とあれを見るのだ。

妄執だとわかっている。けれど、そう考えなければ、自分は生に固執できない。俺はまだ生きなければならない。遠くのほうから救急車とパトカーのサイレンが近づいてくる。その音が今起こっていることが現実なのだと俺に知らせる。

目を閉じれば赤い空に飛ぶ蛍。自分はいつまでもその蛍の行方《ゆくえ》を追っていた。口のなかに錆の味を感じながら。

宵闇

「夏休みはおばあちゃんのところにみんなで行くんだ」

「パパとママとハワイに行くー」

「ディズニーランドに彼氏と行くもん」

そんな会話を背中で聞きながら、私は配られたばかりの通知表を両手で細く開いてみた。平均、というものを数字であらわしたよう。良くも悪くもない。あまりに成績が悪ければ、ママに塾に行かせると脅されていたけれど、それは免《まぬが》れそう。

でも塾通いがなくなったらなくなったで、私は夏休みをどんなふうに過ごしたらいいのかわからない。友人は一人もいない。なぜなら私はいじめられっ子だから。同じクラスの子はもちろん、中学二年の生徒全体から、学校から強引に言われて入ったテニス部でも、私はひどいいじめに遭った。

私の頬、右目の下には、赤く盛り上がったケロイドのような傷痕がある。保育園のとき、交通事故に遭ってそうなった。いじめはその傷痕から始まった。小学校高学年の頃からだ。皆が自分の、まわりの容姿を気にし始める時期。そのなかで、大きな傷痕を晒《さら》して生きている私は皆にとってはモンスターのようなものなのだろう。まったくもってアホらしい。

そう思っているけれど、あまりに傷痕のことをいじられるので、私は傷痕の部分を白いガーゼで覆って通うようになった。モンスター、魔女、黴菌《ばいきん》……。面と向かってそんなことを言われた。中学に入ったばかりだったのに、去年は不登校になりかけた。

「大変だろうけど、できるだけ学校に来てほしい」

根本的な問題解決からは目を背《そむ》けて、中学一年のときの担任も中学二年の担任も同じことを言った。そこまで学校が嫌ならば（学校が嫌なんじゃない。いじめられていることがつらいだけ）、部活動も休んでいい。教室にいてつらいときは保健室に。私だけに特別な権利が与えられた。それがまた、いじめを呼んだ。結局、私はどっちに転んでもいじめられる存在なのだ。

「皆、安全に気をつけて夏休みを過ごすように」

担任がおざなりな挨拶をして、一学期が終わった。私はみんなが出ていくまで教室の椅子に座っている。ざわめきが消える頃、私は一人、教室をあとにする。

廊下を進んで、玄関ホールで靴を履く。テニスコートの前に出ないように、日の当たらない体育館裏を通って帰る。いつか誰かが私のことを「こそこそしてゴキブリみたい」と言ったけれど、誰かの目に留まれば、見つかったゴキブリのように私は丸めた紙で叩《たた》かれるだけ。

私の前を同じクラスの女子たちが歩いている。振り返って私を見て笑い、いっしょにいる友人たちに何かを囁《ささや》く。そんな仕打ちには何度遭っても慣れない。

傷痕の何が悪いのか。傷痕のどこが悪いのか。いつかそんなふうに言ってみたいけれど、多分、一生無理なような気がする。だって怖い。男子も怖いけれど、女子のほうが怖い。何が怖いって目が怖い。彼女らの目に睨《にら》まれると、私は石みたいになって動けなくなってしまう。

「呪われてる」

そんな声が前を歩く女子たちから聞こえた。そう、それがまさに私がいじめられている原因でもあった。私は呪われているからこんな傷痕ができた。私に近づくと呪いがうつる。だから、皆が私のそばから去っていった。保育園時代から仲が良かった親友さえ、いじめの輪に加わったときは、私は十四歳にして絶望、という言葉の意味を知った。学校に行って過ごす、ということが私のなかで段々に困難なことになった。教室よりも保健室で過ごすことが多かったけれど、それでも一学期は終わった。しばらくはみんなに会わなくていい、と思うだけで、私のなかで小さな解放感がはじける。

坂の途中に私の住む古ぼけたマンションが見えてきた。エレベーターがないので、階段で三階まで上がり、部屋の鍵を取り出してドアを開ける。冷房のスイッチを入れ、その下で全身に冷たい風を受けた。手も洗わずに冷蔵庫を開け、ガラスポットからグラスに麦茶を注ぐ。ママは介護士の仕事をしているので、夜にならないと帰ってこない。一人だけの部屋。うれしくてフローリングの床で側転でもしたくなる。実際にしてみた。愉快な気持ちがわき上がってくる。そのとき、冷房の風でテーブルの上から一枚の紙が落ちた。チラシの裏にママのあまり綺麗《きれい》とはいえない文字が躍《おど》る。

「団地のおじいちゃんの様子を見に行ってください。冷蔵庫のなかにあるおかずの入ったタッパーを持っていって」

「あ――――」と思わず声が出た。

ママの父であるおじいちゃん。私はあまり得意ではない。いつもは一人で元気に過ごしているが、夏になる前に少し体調を崩し、ママが休日に様子を見にいっていた。けれど、ママはママで今、仕事が超絶に忙しく、おじいちゃんの様子を見に行けるのは私しかいないのだ。おじいちゃんの様子を見に行って、というのは、おじいちゃんの生存確認のようなもので、万一、おじいちゃんが床に倒れてでもいたらどうしたらいいのか、と思うと、行く前からドキドキする。

けれど、ママはいじめられている私に「そんな学校なら行かなくてもいい。高卒認定試験受けて、あの子らが行けないような大学に行きなさい。どんな大学でもママが稼いで行かせてあげるから」とまで言ってくれた人だ。その言葉で随分、私の気持ちも楽になったことは事実。母子家庭の世帯主としてママは毎日頑張っている。そんなママの頼みならば応えてあげたい。

私は汗まみれになった制服を脱いで、Tシャツとデニムに着替えた。冷蔵庫を再び開けると、確かにいくつかのタッパーに付箋が貼られ「おじいちゃん」と書かれている。タッパーと保冷剤を、銀色の保冷バッグに詰めた。キャップを目深にかぶる。そうして私は家を出て、ギコギコと漕《こ》ぐたびに嫌な音を立てる年代物のママチャリに乗って団地を目指した。

私の家から団地までは自転車で十五分くらいかかる。ひどい暑さであまりに太陽光が強くて、まわりが白く光っているように見える。分厚い熱気の膜を破って進むように、私は自転車を漕ぐ。団地が見えてくる。いつからあるのかわからない古ぼけた団地。私のママはここで生まれ育った。三年前におばあちゃんが亡くなり、今はおじいちゃんが一人で住んでいる。C3棟の最上階、四階。402号室。もちろん、私のマンションと同様にエレベーターがないので、階段を一段飛ばしで上がる。

ドアチャイムは壊れているので、ドアを叩いて叫ぶ。

「おじいちゃん、花乃《かの》だよ！　いる⁉」

反応がないので、ドアノブを回した。難なくドアが開く。まただ、と思う。おじいちゃんは鍵を閉めない。「昔は団地では鍵なんてかけなかった」といつか言っていたけれど、いったいいつ頃の話なんだろう。そんなことあり得ないし、危なくて仕方がない。ドアを開けると、玄関の三和土《たたき》に新聞紙を紐《ひも》でくくったものが置いてあり、サンダルを脱いだ私はそれを跨《また》いで短い廊下を進んだ。

　窓が開いていて、部屋のなかは熱気でもわっとしている。ママが冷房を買って設置してあげたのに、もったいない、と言っておじいちゃんは滅多に使わない。廊下に続く居間に足を向けると、Tシャツにユニクロのステテコのようなズボン（それもママが買った）を穿《は》いたおじいちゃんが団扇《うちわ》をせわしなく動かしている。私が来ても驚くことなく、あらぬ方向を見つめている。私は部屋中の窓を閉め、冷房のスイッチを「強風」にして、一気に部屋を冷やした。

「おじいちゃん！　こんな暑い日に冷房をつけないと熱中症になるよ！」

　私はおじいちゃんの耳元で叫んだ。おじいちゃんからの返事はない。もしや、と思ってテーブルの上を見た。やっぱりママの買ってあげた補聴器が転がっている。私はそれをおじいちゃんの耳にそっと装着する。

「おじいちゃん、花乃だよ。ママのおかずを持ってきたよ」

　そう言うと、おじいちゃんははっとした顔をして私を見た。キャップを脱ぐ。ガーゼを少し剝がして、その傷痕をおじいちゃんに見せた。その傷痕で私だと認識したみたいだった。

「おう、花乃か。いつ来た？」

「今！　今来たの。ママがおじいちゃんにおかずを持っていけって」

「ママ？」

「そう！　私のママ。おじいちゃんの娘、栄利子《えりこ》！　栄利子がおじいちゃんに作ったの」

「栄利子が……」おじいちゃんの頭がやっと現実と結ばれたみたいだった。

私は台所に歩いていって冷蔵庫を開けた。この前、持ってきたタッパーがそのままそこにあった。勇気を振り絞って蓋を開けると、端っこのほうに白と緑の黴《かび》のようなものが見えた。うえええええええ、と思いながら、私は蓋を閉める。タッパーを全部出して、代わりに持ってきた新しいタッパーを冷蔵庫に詰めた。この前持ってきたタッパーをなるべく見ないようにして保冷バッグに入れる。じゃあ、おじいちゃんはいったい普段何を食べているんだろ？　冷蔵庫の上にはサトウのごはんの赤いパック。冷蔵庫の扉の棚にはのりの佃煮やメンマの小瓶が並んでいる。ああ……となんだか納得して、家から持ってきたペットボトルのお茶を手に冷蔵庫の扉を閉める。

「おじいちゃん！　ちゃんと食べないと夏バテするよ！　水分補給もしないと！」

そう言ってもおじいちゃんは黙ったままだ。自分に都合の悪いことを言われるとこんなふうにいつも黙ってしまう。私はペットボトルのお茶をおじいちゃんの目の前にある湯呑《ゆの》みに注ぐ。おじいちゃんが湯呑みに口をつける。おじいちゃんはさっきと同じように、どこを見ているのかわからない目で壁のほうを向いている。

夕飯にはまだ早い。私はいつものようにおじいちゃんが朝干した洗濯物を取り込み、簞《たん》箒《す》にしまい、風呂場やトイレの掃除をした。お風呂は黒い黴だらけだし、トイレはおしっこくさい。けれど、おじいちゃんは「要介護者」じゃないから、公的なサポートが受けられない。だから、ママや私が面倒を看《み》るしかない。私みたいな子のこと、「ヤングケアラー」と言うらしい。この前、テレビで見た。でも、仕方がない。ママが仕事のときはおじいちゃんのことは私がなんとかするしかない。

いつかママに「おじいちゃん、家に引き取ればいいのに」と何気なく言ったことがある。おじいちゃんを一人にしておくより、そのほうがママも安心できるんじゃないかと思って。

「絶対に絶対に嫌！」

ママが声を荒らげたのでびっくりした。私の驚いた顔を見てママのほうが「ごめん」とあやまったくらいだった。ママはおじいちゃんのことが嫌いなんだろうな、とは昔からなんとなく思っていた。この部屋にいっしょに来るときだって、おじいちゃんに優しい言葉をかけたりしない。亡くなったおばあちゃんに対してはそうではなかった。おじいちゃんとは何かあったんだろう。何かあるのだろう。そう思った。

じゃあ私は？　と聞かれるとやっぱり答えに困るのだ。私もママと同じくおばあちゃんのことは好きだった。優しいおばあちゃんだった。おじいちゃんは昔から口数が少ないし、今みたいに何を考えているのかわからないところも多い。でも、嫌いか？　と聞かれても困る。大嫌いなわけじゃない。大嫌いなのは、私をいじめている人たち。おじいちゃんは私をいじめない。嫌なことを言ったりもしない。

そうこうしているうちに夕暮れが近づいてきた。私は掃除道具を片付け、手を洗っておじいちゃんに言った。

「おじいちゃん、また来るからね！　もうドアに鍵をかけてね、遅いから」

そう言うと、おじいちゃんが微笑《ほほえ》んだ気がした。私はキャップを目深にかぶり、おじいちゃんの部屋をあとにした。ママチャリを駐輪場から出し、サドルに跨がる。遠くのほうから部活帰りだろうか、同じ中学の女の子たちが目に入った。この団地に住んでいる同級生も多い。私はさらにキャップを下げて、ぐん、と自転車のスピードをあげる。

「あ、あれ、あのB組の熊倉《くまくら》じゃね」

「誰それ？」

「ほら顔にでかい傷の」

後ろからそんな会話が聞こえてきて、胸のあたりをきゅっとつねられた気持ちになった。

自分の家に戻り、今度は我が家の洗濯物を取り込んだ。西向きのベランダから、壮大な夕焼けが見えた。天使の羽のような形の雲がオレンジキャンディみたいな色に染まっている。ぼんやり眺めていると下のほうから声がした。

「花乃！」

ママが汗でよれたワンピースを着て立っている。手には重そうなスーパーマーケットの袋。もう片方の手で空を指差す。

「すごいね！」ママが私の顔を見て叫ぶ。

「すごい空だね！」私も叫び返した。

「おなかぺこぺこ！　今、上がるから！」

「私が下に行くよー」

部屋を出て階段を駆け下りる。ママの持っている重たい荷物を持つ。ママ、ママ。どんなにいじめられてもママがいれば大丈夫。それに明日からは夏休み。学校でいじめられることもない。学校が休みってなんて素晴らしいんだ。

私とママは並んでキッチンに立ち、しらすと明太子《めんたいこ》と葱《ねぎ》のパスタとトマトサラダを作った。できあがった料理をテーブルに並べていると、ママが久しぶりにビールを開けた。

「明日から花乃が学校でいじめられない、と思うだけで心が軽い」とママは笑った。二人で作ったパスタはおいしかった。私は座ったままお皿を片付けながら言った。

「あのさ、おじいちゃん……」

「ん、なにかあった？」

「……」

タッパーが空になっていなかったことを言おうとして迷った。それを言ったら言ったでママは気分を害し、ママの負担が増えるだけなのだ。持ち帰ってきたタッパーは、中身をこっそり捨てて、私が洗えばいいだけの話だ。

「いや、なにもない。元気そうだったよ、とっても」

ママが買った補聴器を使っていないことも言えなかった。それでもママは何かに気づいたのか、

「今度の日曜日にはママも行くから。花乃だけに迷惑かけられないし」

と言った。

「う、うん。……あのさ。ママはあの団地で生まれ育ったんでしょう」

「うん、そうね」

「ということは、あの団地はママにとっての田舎《いなか》？　なんて言うの、みんな夏になるとお父さんとかお母さんの田舎に帰るじゃない？　私がおじいちゃんの団地に行くのも、そういうのと同じこと？」

「……うーん。まあ、そう言えばそうだね。まあ、帰省？　帰郷とでも言うのかな。……でも、それにしちゃ近すぎるでしょ。ごめんね花乃。夏休みなのに、おじいちゃんのこと頼んで」

「そんなことはぜんぜんいいんだよ。学校に行かなくていいだけで、私はすっごく気持ちが軽いんだから」

そう言って私は麦茶を一口飲んだ。ママが口を開く。

「でもさ、どこかで一日、水族館でも遊園地でも花乃の行きたいところに行こうよ」

「ううん。行きたくない。暑いし、人が多いし。そんな小さな子が行きたがるようなところ。私は涼しいところで本が読めればいいんだ」

「誰に似たんだろ。ママなんて本を一ページ読んだだけで熟睡できる自信があるよ」

「図書館の本をたくさん読みたいんだ。それで、時々、おじいちゃんの様子を見に行く」

「無理はしないでよ。それに怖いことがあったらママに電話するかすぐに帰ってくること」

「怖いこと?」

「……ほ、ほら、あの団地はいろいろと物騒だから」

「うん、わかった」

そう言う私に腕を伸ばしてママが小さな子どもにするように私の頭を撫《な》でる。そうされながら、ママはなにかほかのことが言いたかったんじゃないかと、ふと思った。


よく見る夢がふたつある。

私が三歳のときに遭った交通事故の夢だ。

私はパパと手を繋《つな》いでいる。パパと二人で出かけてコンビニにアイスを買いにいくところだった。コンビニ前の横断歩道を渡る。青信号がチカチカする。私の足は遅い。パパが私の手を引っ張るようにして前に進んだ。もうすぐ赤信号になってしまうというそのとき、大型バイクが横断歩道に突っ込んできたのだった。パパが咄嗟《とっさ》に私の手を離したことを覚えている。ものすごい轟音《ごうおん》と衝撃。私の体は宙に浮いた。アスファルトの道路に顔から落ちたとき、痛みではなくものすごい熱を顔に感じた。パパの絶叫。まわりの誰かが叫ぶ「早く救急車を!」の声。ずいぶん時間が経《た》ってから聞こえてきた救急車とパトカーのサイレン。私はずっと道路に寝かされていて、太陽で熱せられたアスファルトの熱さを背中に感じていた。自分の血の味が口のなかに広がって気持ちが悪かった。鉄みたいな味がすると思った。ひとつめの夢はいつもここで終わる。

私の入院生活は半年にも及んだ。右手と右足、右頬骨の骨折。顔の傷は残るだろう、とそのときママは聞かされたらしい。ママは病室の外で声をあげて泣いた。私の交通事故がママとパパとの間に亀裂が生じるきっかけを作ってしまった。私は目を瞑《つむ》っていたが、声を潜めて会話をするママとパパの声を覚えている。

「あなたがちゃんと手を繋いでいなかったから」

「……君が美容院に行くというから、僕は何時間も一人で花乃の面倒を看ていたんだぞ。あんなに長い時間、ずっと手を繋いだままでいられるもんか」

二人の話は平行線を辿《たど》るだけでまったく交差しなかった。なぜだか事故直後からしばらく私の声は出なかったから、そんな会話をする二人を目で追った。口がきけたら言いたいことはひとつだった。

「喧嘩《けんか》はやめて」

ある日、病室で喧嘩をくり返す二人に年配の看護師さんがたしなめるように言った。

「お子さんがこんなに頑張っているのにあなたたちはいったいどういうつもりですか⁉」

パパとママは怒られた子どものように項垂《うなだ》れていた。

パパが病室に来なくなったのはいつ頃からだろう。私が退院するときには、もうパパの姿はなかった。

もうひとつの夢はあの頃のパパが出てくる。私が三歳のときの若いパパだ。私が病院のベッドにいるのに、無表情で部屋を出ていこうとする。

「パパ！　パパ！」そう叫んで目を覚ます。私の目尻から枕のほうに涙が流れる。私はベッドを出て戸をそっと開け、隣の和室で寝ているママを見下ろす。よっぽど疲れているのか、ママは穏やかな寝息を立てている。私はそっとママの布団をめくり、ママの隣で横になる。私が頼れる大人はママだけ。パパには会えない。どこにいるのかもわからない、といつかママは言った。本当にそうだろうか？　と思ったけれど、ママにはそれ以上のことを聞けなかった。パパは今、いったいどこで何をしているんだろう？　その疑問がいつも私の頭のなかにある。

日曜日はママと二人でおじいちゃんの団地に行った。うちには自転車が一台しかないので、今日はママと二人で歩いてきた。団地の敷地に入り、私は団地の棟を見上げながら言った。

「いつ来ても思うけど、もうボロボロだねこの団地。うちのマンションだって負けてないけど」

「ママが子どもの頃からあるんだから仕方ないよ」

「ママはこの団地から大学に通ったの？」

「そうよ。一人暮らしする余裕もなかったからね。電車をいっぱい乗り継いで。バイトもたくさんして。大学に通う子どもなんてここにはほとんどいなかったんだけどね」

「そっかあ、すごいなママは」

私が思わずそう言うと、ママは鼻の横を人差し指でポリポリと掻《か》く。恥ずかしいときにママがよくやる仕草だ。保冷バッグにはママが作ったたくさんのおかず。重そうなバッグを肩にかけて、ママは階段を駆け上がっていく。そのバッグを見たら、少し憂鬱な気持ちになった。おじいちゃんはまた、ママのおかずを腐らせているんじゃないかと思ったからだ。私が先回りしてタッパーの中身を確認しようか……。そんなことを考えているうちに、ママはおじいちゃんの部屋の前に来ると、いきなりドアを開けた。おじいちゃんが鍵をかけないことを知っているのだ。ママが玄関の三和土でサンダルを脱ぐ。私も慌ててママに続いた。

今日は窓も閉め切ってあって冷房のひんやりとした空気が心地よかった。おじいちゃんはいつもの場所、居間の低いテーブルの前に、窓を背にして座っている。でも、ママのほうを見ようともしない。私はおじいちゃんの耳元で言った。

「おじいちゃん！　ママと花乃が来たよ！」

今日はおじいちゃんの耳に補聴器がある。おじいちゃんも、声に出さずに、うん、と頷《うなず》いた。ママが台所に向かう。あ、まずい、と思ったときにはもう遅かった。

「食べてないいじゃない！」

ママの鋭い声が飛んだ。ママはおじいちゃんに会うといつもこうだ。いつもは優しいママなのに、なんというか、当たりが強い。おじいちゃんは聞こえているはずなのに、ママのほうを見ない。ママがタッパーの中身を三角コーナーに捨てている音がした。ぶちまけている、という言い方が近かった。

「ママ！　ママ！　それは私が片付けるからさ」

私はママに近づいてそう言ったが、ママは手を止めない。それよりもママの顔が真っ白で表情がないことが気になった。でも仕方がないか。忙しい仕事の合間を縫って作ったものを無駄にされたら、私もママと同じ気持ちになるかもしれない。

「いつだって、いつだって、いつだってそう。私と母さんのことを馬鹿にして」

ママの口と手は止まらない。居間のおじいちゃんも前を向いたままだ。ママはその勢いのまま、タッパーを洗い、それでも、今日持ってきた新しいタッパーを冷蔵庫に詰めた。私はなんだかそんなママが見ていられなくてトイレと風呂場の掃除をした。掃除が終わると、ママが台所で古い新聞紙の束をビニール紐でぎゅうぎゅうに縛っている。まるで、それがおじいちゃんの体であるかのように。

「ねえ、父さん覚えている?」

ママがビニール紐を鋏《はさみ》で切りながら言う。ママは手を止め、居間の柱の一箇所を指差す。私も何気なく目をやった。柱の真ん中あたり、その部分の木がほんの少し欠けたみたいになっている。

「父さんが母さんを投げ飛ばしたときの傷。まだここにあるね」

ええっ、と私は思った。ママの言葉は止まらない。ママは居間と隣の和室を隔《へだ》てる襖《ふすま》を指差す。

「何回、襖張り直したっけね。父さんはあの頃、しつけ、と言っていたけど、今の時代じゃ、あれは虐待って言うんだよ」

私はなぜか、頬の傷痕が熱くなる気がした。私が知っているおじいちゃんはそんな人ではない。そんなことをしていたような人にも見えない。おじいちゃんは植木職人だったから、私が子どもの頃は、植物園によく連れていってくれて、木の名前を教えてくれた。言葉が少ないし、やさしい素振りを見せることもないけれど、ママが言っているような人には思えない。

「母さん、父さんに投げ飛ばされて、頭ここにぶつけて、それからいつも頭が痛いって。母さんが脳梗塞で亡くなったのだって本当は父さんのせいなんじゃないの。それにこの傷」

そう言ってママが額を出す。

「父さんに殴られたときの傷、まだあるよ」

「やめて！　やめて！」思わず声が出た。

「ママ、もうやめて、聞きたくない！」

私はサンダルを履いて外に出た。階段を駆け下り、団地を出て、敷地のなかを駆け抜ける。夏の陽《ひ》は傾いてはいたけれど、まだ暑かった。気がつけば、私はスーパーマーケットのなかにいて、プラスチックのカゴにアイスをひとつ入れて、レジに並んだ。スーパーマーケットは空《す》いていて、私の後ろにもお客さんはいなかった。レジのおばさんが私の顔をまじまじと見、頬のガーゼを見て、はっ、とした顔をした。

「もしかして、熊倉さんの、娘さん？」

「はい」

「私ね、お母さんの同級生なの。斉藤《さいとう》、斉藤夏美《なつみ》。あのね、来週土曜日に同窓会があるから来ませんか、ってお母さんに伝えてくれないかな？　駅前のいちばん大きな居酒屋さんで。午後六時から」

「はい。わかりました」

「よろしく伝えてね」

私はまだぼーっとしていて、アイスを手に駅前のベンチに座った。

さっきのママの言葉が蘇《よみがえ》る。ママとおじいちゃんは仲が良いとは言えないと思ってはいたけれど、ママの話はしんどかった。でも、ママみたいに大人になっても、ママは子ども時代のことをまだすごく怒っているんだ、とも思った。それに、ママはあまり子どもの頃の話をしない。こういう学校生活だった、とか、どんな友だちがいたとか。だから、ママにも同級生がいて、その人がまだこの町にいる、ってことがなんだか不思議な気がした。

その日、ママはなかなか帰ってこなかった。私は適当なものを作って適当に食べた。ママが帰ってきたのは午後十時近くで、なんだかかすかにお酒のにおいがしたような気がした。時々、そんなことがある。でも、ママにだって息抜きは必要だから、と私は自分に言い聞かせる。

「ママ、今日、スーパーで斉藤さん？　って人に声をかけられたよ。来週の土曜日に同窓会があるって」

「斉藤、夏美？」

「ふん。中学のとき、私をいじめてたくせに」そう言ったきりママは黙ってしまう。今日のママはいつものママじゃない。仕事でひどく疲れているときとか、こうなることがある。こういうときは私はあんまりママに話しかけないでそっとしておく。

「お風呂沸いてるからね」私はそれだけ言って自分の部屋に向かうと、ママがシンクの前に立ったまま言った。

「パパから会いたいって連絡来たの」

今日のママの不機嫌の理由がわかった気がした。

「うん。そう」

最寄り駅のすぐ近くの喫茶店。ファミレスじゃなくて昔風の純喫茶。古いけれど汚くはない、そんな店をパパは待ち合わせ場所として指定してきた。

家を出る前、洗面台の鏡の前に立って、自分の顔を見た。ふと、頬のガーゼはとったほうがいいかもしれないと思った。パパが気にするかもしれない、と思ったのだ。でも、喫茶店に向かう道の途中で学校の誰かに会うかもしれず、私は迷いながらもガーゼを貼ったままにした。ママはベランダで洗濯物を干している。この前のママじゃなくて、いつものママだ。

「行ってくるね」と言うと、

「パパによろしくね」とかすかに微笑んだ。

私はひどく緊張していた。パパに会うことも随分迷った。でも、私にとっては自分の半分の存在だ。純粋に今のパパに会ってみたい、という気持ちのほうが勝った。

喫茶店の扉を開けるとパパが奥の席からこちらに向かって手を振っているのが見えた。その隣にパパよりも随分と若い女の人が見えた。パパが立ち上がる。その女の人も立ち上がる。誰だろう？　と思いながらも私はパパに勧められるまま、パパの前の席に座った。パパたちはコーヒーを飲んでいる。私はコーヒーフロートを頼んだ。

「元気だったか？」

うん、と頷きながら、三歳のときから会っていないのだから、パパが老けているのは当たり前のことで、それよりも随分と太っていることのほうが気になった。おなかは丸く、日に焼けて、なぜだか顔も赤い。そして、パパの視線は不自然に私のガーゼを見ない。

「学校、楽しいか？」とパパが聞く。パパは私が頬の傷痕のせいでいじめられていることなど何も知らないのだ。私は曖昧《あいまい》に頷いた。そして、気詰まりな沈黙が続く。私は黙ってコーヒーフロートのアイスクリームを口に運んだ。

「パパなあ、実は結婚、いや、再婚をしようと思っていて」

私は驚いて顔を上げた。隣の女性がかすかに頷き、微笑んだ。それがちょっと気持ち悪いと思ってしまった。髪が長くて顔色が悪くて、顔は綺麗だが、幽霊みたいな女の人だ。

「この作倉《さくら》さんと」作倉さんと呼ばれた女性が再び微笑む。

「花乃さあ……」そう言ってパパが私の目を強く見つめる。

「パパのところに来ないか。パパ、おととしから始めた仕事が順調なんだ。それに花乃のその……」

「傷?」私が言うとパパは私から目を逸《そ》らした。

「うん。今のパパなら今すぐその花乃の傷、どんなにお金がかかっても治してやれると思うんだ」

「い、や!」私は大きな声で言った。喫茶店のなかの何人かが振り返ったほどだった。

「ママとは絶対に離れない」

「でも、ママといても将来大学に行けるかどうかもわからないぞ。パパのところに来れば、花乃はそんな苦労」「絶っ対にパパのところには行かない。ママを一人にしない」

私はパパを睨む。そして頬のガーゼをむしり取った。

「パパが作った傷じゃない!」

パパと作倉さんが息を呑むのがわかった。もうパパと話すことなどない。私は一人、喫茶店を出た。むわっとした熱気に包まれる。目の端に涙が浮かんだが、それを子どもみたいに腕で拭《ぬぐ》った。ママチャリに乗って家に帰る。ママはソファで昼寝をしていたけれど、私の気配に気づいたのか、ゆっくりと目を開けた。

「どうだった？　パパ」

「あんな人のことはどうでもいいよ」と私が言うとママがため息をつく。

「行かせるかどうか迷ったんだけれどね……」

「あんなのパパじゃない。気持ち悪い」

我慢していた涙が溢《あふ》れた。ママが私の髪の毛を撫で、剝《む》き出しの傷痕を撫でた。ママの指先の冷たさを感じた。

「私はママと生きていくの。ママとずーっとずーっといっしょにいるの」

相似形。翌日、ママが仕事に出ていったあと、部屋を掃除しながら、私とママの人生はどこか似ているかもしれない、とふと思った。ママはおじいちゃんが嫌い。そして、ママもいじめられていた、らしい。私はパパのことが心底嫌いになった。私がいつか結婚しても、離婚して、その人を恨んだりするようになるのだろうか。そんなことを掃除機をかけながらつらつらと考えた。

もっと年齢を重ねたら、結婚なんて、するんだろうか。今は好きな人もいない。そもそも誰かを好きになるということが私にはよくわからない。クラスの女子たちは、好きな男子の話でよく盛り上がっている。だけど、もし、そこに女子が好き、なんて子がいたら、また、私のようにいじめられるのだろうか。

ふと思う。私たちはまるで工場でできたひよこのカタチをしたお菓子みたい。少しでもほかのひよこと違うところがあれば、つまみ出されて破棄される。傷痕がある私は不良品だから、すぐに捨てられる。だからいじめられる。そんなことがとても怖いことのように思えた。

そのとき、玄関のチャイムが鳴った。何かがドアと壁との間に差し込まれる音がする。オートロックでもない私の家では、時々こんなことがある。何かのチラシを直接挟んでいく人がいるのだ。また、そんなことだろう、と放っておいた。けれど、なんだかドアの外に人の気配がする。かすかに聞こえる笑い声。嫌な予感がした。ゆっくりドアの近くまで行って息を潜める。ドアの穴から外を覗《のぞ》く。もう誰かがいる気配はない。しばらく待って私はチェーンを外し、ゆっくりドアを開けた。ドアに挟まれていた一枚の紙が滑り落ち、ゆっくりと外廊下に落ちた。その紙を拾う。あまりに幼稚で下手な絵が描いてあった。そうは言ってもそれは私の顔なのだろう。頬のところに大きな傷痕がある。そのまわりに呪われた女とか、魔女とか、黴菌とか、学校で言われているようなことが書かれている。私は慌てて外廊下に出て下を見た。自転車に乗った幾人かの男子の姿が見えた。制服、ということは、これから部活にでも行くのか。私はその場で紙をくしゃくしゃに丸め、家のなかに入った。自分が裸足《はだし》だったことにも気づかなかった。怒りの感情がおなかの底からあふれた。それが落ち着いてくると、心底あきれた。暇人、と思った。わざわざ私の家にまで来てこんなことをする馬鹿者ども。そう思っているのに、涙がボタボタと出た。

こんなことをされていることをママに伝えて、仕事で忙しいママに迷惑をかけたくない。もちろんパパになど言うつもりもない。学校の先生に伝えようにも夏休みだ。いったいどうすればいいんだろう。そう思うと、いつか夏休みが終わって二学期がやってくることが怖かった。

それでも私の毎日することは変わらない。ママの代わりに洗濯をし、掃除をし、学校の宿題もそれなりにやって、空き時間には図書館に行って借りられるだけの本を借りた。三日おきにおじいちゃんの団地にも行き、部屋を綺麗にし、ママが作ったおかずのタッパーを冷蔵庫に詰めた。あの出来事以来、「もう、父さんには何も作らない！」と言っていたママだったが、最近はまた、おかず作りが復活した。「食べてなかったら、そのまま持って帰ってきて。私が処分するから」と言われていた。でも、おじいちゃんも全部とは言わないまでも、箸をつけた跡があるのだ。なんとなく二人は歩み寄ってはいる。

やることをやってしまうと、私はおじいちゃんの家の冷蔵庫からアイスを出して食べた。おじいちゃんにもアイスを渡す。おじいちゃんが補聴器をつけているかどうか確認して、おじいちゃんに話しかけることもあった。私もおじいちゃんも誰かと話すことは得意ではないが、何しろ、お互い一日中、ほとんど一人で過ごしているのだ。おじいちゃんにとってはどうかわからないけれど、私にとってはおじいちゃんにぽつりぽつりと話すことが、心の安定剤にもなっていた。

二人でソーダアイスを囓《かじ》りながら、おじいちゃんに尋《たず》ねた。

「おじいちゃんてさ、どこで生まれたの？」

「……ここ。団地ができる前からここ」

「ずーっとここ？」

「そう……」

「じゃあ、私の故郷もここってことか」

この団地が私の故郷と思ったら、なんだか少し気落ちした。

「……」おじいちゃんは黙ってアイスを囓っている。

「おじいちゃんさ、ここで、一人で寂しくないの？」

「……」おじいちゃんは黙っている。私はじっとおじいちゃんの顔を見た。

「ここには」

「うん」

「ばあさんもいるから」そう言って居間の隅にある小さな仏壇に視線を向ける。

「えっ、おばあちゃんいるの？」

おじいちゃんがあまりにも突拍子もないことを言うので、私も子どもみたいなことを言ってしまった。

「いるさ。夜中にうろうろしてる。わしの足を蹴っ飛ばして、仕返しだって」そう言って笑う。おじいちゃんが笑うのを随分と久しぶりに見た。というよりも、おじいちゃんが私に冗談を言っていることに驚いた。いや、それよりも。おじいちゃん、もしかして、いよいよ呆《ぼ》けた？　という心配も浮かんでくる。

「団地にはいろんなものがいるのさ。魑魅魍魎《ちみもうりよう》も。有象無象《うぞうむぞう》も。……花乃にはわからないだろうけど」

その言葉にぞっとして、背中に寒気が走った。ソーダアイスの冷たさのせいだと思いたかった。窓の外はもう夜に近い夕暮れだった。いつもより長くおじいちゃんの家に居すぎた。団地の門に続く、道の脇にある汚水の沼のような貯水池のことが頭に浮かんだ。あそこには、男の子どもと、おばさんの幽霊が出るという噂《うわさ》があるのだ。私は怖い話にめっぽう弱い。

「おじいちゃん、もう帰るね」私はそそくさと帰る支度をした。いつもは送ってくれることなんてないのに、今日は外が暗いせいか、おじいちゃんは駐輪場まで送ってくれた。

ふと見ると、ママチャリの前カゴに何か入っている。私はその丸められた紙を広げた。あの絵だ。私の顔。頬のところの大きな傷、この前の絵と違うのは私の口が耳まで裂けて、牙みたいな歯を晒しているところだった。私はすぐに紙を丸めたけれど、おじいちゃんが手を出す。私はおずおずとおじいちゃんにその紙を渡した。

「なんかチラシだった」

それでおじいちゃんが何かを言ったわけでもない。本当にただのゴミだと思ってほしかった。

「すぐに捨ててね、ゴミだから」

私は念を押してママチャリに乗った。おじいちゃんはまだ駐輪場の前に立って、私が進み出すのを待っている。おじいちゃんの手のひらに載った丸められた紙が白く光って見えた。

「じゃあね」

私は力いっぱいペダルを踏んで自転車を漕いだ。貯水池の横を通るときは、ぐん、とスピードをあげた。家にも来たこの前の男子か、それとも団地に住む同級生がやったのか。どちらにしても、そのしつこさが怖かった。夏休みくらい、いじめにも休みをくれよ、とも思った。悔しさで唇を噛《か》んだ。そうしてまた、どんなにいじめられても、自分には仕返しの手段がない、ということに呆然《ぼうぜん》とした。でも、仕返しをしてしまえば、相手と同じ土俵に立ってしまう。それだけは嫌だった。

そう思っていても自宅の玄関ドアやポストにしばしば同じ紙が入れられた。ママが目にしないように私はそれを処分した。初めてこの紙を見たときは、瞬間湯沸かし器みたいに怒りが湧いたのに、今はもう慣れてしまっている。いじめに慣れる、その心の仕組みも私にとっては恐怖だった。

七月はあっという間に過ぎ去り、八月も三十一日しかない。一ヵ月なんて猛スピードで過ぎていくだろう。学校が再び始まる九月が怖い。もっともっとひどいことが自分に起きる気がした。私はクラスメートの目を避けるように、自宅、図書館、団地、スーパーマーケットで順繰りに過ごした。ママはどこかに連れていく、と言ってくれたけれど、休日、ソファでずっと横になっているママの疲れを見ていたら、そんなことはどうでもよかった。とにかくママには体を休めてほしいし、私のことで心配をかけたくはなかった。

「やめて！　やめてください！」

ある日、おじいちゃんの団地にいたときだ、私はトイレの掃除をしていて、物音に気づかなかった。何事⁉　と思って居間に行くと、おじいちゃんが私と同じ中学の制服を着た一人の男の子の胸ぐらを摑《つか》んで突っ立っていた。片手にはなぜか木刀。それは防犯用にと、おじいちゃんがいつも玄関の靴箱の脇に置いているものだ。

「ちょっ、おじいちゃん、どういうこと⁉」

私は男の子の顔を見た。同じクラスの宮脇《みやわき》君だった。二人のまわりにはたくさんの紙が散らばっている。それは居間から玄関まで続いていた。私は一枚を手にとった。あの紙だ……。魔女と書かれた私の顔。頰の傷、耳まで裂けた口。こんなにたくさんのコピー。宮脇君が一人で配っていたのだろうか？

「これはおまえがやったのか」

おじいちゃんが低い声で宮脇君に尋ねた。おじいちゃんのそんな声を聞いたのは初めてだった。宮脇君はおじいちゃんから顔を背け黙ったままだ。それよりもおじいちゃんの目だ。まるで（見たことはないけれど）人殺しのよう。宮脇君よりも背が低いのに、胸ぐらを摑んだ手を離さない。何も言わない宮脇君の体をおじいちゃんは居間の隣の和室に放り投げた。瞬時に宮脇君の体に馬乗りになり、木刀を彼の喉元に突きつける。

「もう一回聞くぞ、これはおまえがやったのか」

木刀の先端はもう宮脇君の喉にかすかに触れていた。そのままおじいちゃんがぐいと押せば、やわらかくて白い宮脇君の皮膚に木刀の先端がめり込んでいきそうだった。宮脇君がしゃくり上げて泣き始めた。まるで幼い子どもの泣き方だ。

「おまえがやったのか！」

おじいちゃんの声がおなかに響いた。

「……」

「やったのか！」

「……はい」

おじいちゃんが木刀を放り投げ、宮脇君の体を羽交い締めにする。宮脇君の首にはおじいちゃんの細い腕が巻きついていて、おじいちゃんが力を入れれば宮脇君の首など簡単に折れてしまいそうで怖かった。

「花乃、叩け！」おじいちゃんが畳の上の木刀を見て言う。

「気が済むまで叩け！　おまえはどこも悪くない。悪いのはこいつだ。ほら早く」

私は息を呑んで木刀を手にした。今までのいじめの記憶が走馬灯のように流れた。魔女、黴菌、お化け、呪われている……私を侮蔑したさまざまな言葉が耳をかすめて、涙が浮かんだ。前に進み、木刀を手にした。足くらいなら、一回くらいなら叩いてもいいような気がした。よし、と思って木刀を持つ手に力を込めた。

「私をいじめるなっ！」

そう言ってゆっくり木刀を振り上げた瞬間、宮脇君が体をかわした。おじいちゃんの腕からするりと逃げ出したのだ。木刀は畳に当たり、その衝撃が腕に伝わった。玄関のほうに逃げ出す宮脇君を追いかける。散らばった紙に足を滑らせ、宮脇君が廊下に転がった。今だ、と思った瞬間、木刀を振り上げる。宮脇君が再び体をかわす。振り落とされた木刀は、今度は廊下の壁に当たった。靴も履かずに宮脇君が玄関のドアを開ける。木刀を握ったまま、私は素足で彼を追いかけた。

うわあああああ、と声にならない声が自分の口から飛び出した。それでも外廊下を走る。宮脇君は外廊下の端にある階段を降りていこうとする。急に曲がったせいなのか、宮脇君は足を滑らせ、転げながら、階段を落ちていく。その瞬間、死ねばいいのに、と私は確かに思った。そんなことを思う自分にぞっとした。もちろん宮脇君は死ぬことはなく、ぶつけた頭を手でかばいながら団地の外に逃げていった。踊り場から無様に走っていく宮脇君を見た。陽が傾いた夕方の光のなか、それでもまだアスファルトが熱せられて熱いのなか、まるで踊っているかのように、宮脇君が逃げていく。馬鹿。大馬鹿野郎。私は心のなかでそう言って、肩で息をしながらおじいちゃんの部屋に戻った。

おじいちゃんは部屋のなかや外に散らばっていた紙を一枚一枚拾っている。私も木刀を置いて手伝おうと思うのに、なぜだか木刀が指から離れない。あまりに力をこめて握っていたのだろう。私は左手で、木刀に巻きついた指を一本、一本剝がした。木刀が廊下に転がる。私はそれをいつもの玄関の靴箱の脇に置いた。

「裏庭に行こう」

おじいちゃんが束ねた紙を手にして、私に声をかける。頷いてはみたものの、私の心臓はまだバクバクしていた。何が起こったのかもまだよくわかっていなかった。団地の裏側は山の斜面になっていて、木々が生い茂っていて暗いので、私はほとんど行ったことがない。裏庭の端には、今も使っているのかどうかわからない真っ黒い焼却炉が口を開けていた。私の横に立っているおじいちゃんが、手にしていた紙の束をそのなかに押し込む。そして、ライターで火をつけた。紙は端のほうから炎で捩《よじ》れ、まるで消えていくかのように燃えていく。おじいちゃんが焼却炉の扉を閉めた。短い煙突から煙が上がる。空もあたりもう宵闇に近い。それでも暗くなった空に細い飛行機雲が幾本か、途切れ途切れに続いているのが見えた。

「花乃は魔女じゃない」

おじいちゃんがはっきりした声で言った。

「花乃をいじめる者がいたら、おじいちゃんがやっつける。死んだあとは化けて出る」

「死んだなんて言わないでよう」そう言いながら私は泣いた。

「花乃は魔女なんかじゃないからだ」

おじいちゃんはさっきと同じことを言い、私の頭をぽんぽんと撫でた。そう、私は魔女なんかじゃない。いつだって誰かにそう言ってほしかったのだ。そして、今日の出来事はママに話さないような気がした。おじいちゃんの大活躍は誰にも一生話さない。私は今日の日を一人で抱えて生きていこうと思った。


おじいちゃんが団地の台所で倒れているところを発見されたのは、もうすぐ夏休みが終わる八月の二十八日のことだった。台所にいたおじいちゃんはそのまま後ろに倒れ、あまりに大きな音がしたので、下の階の人が警察を呼んだのだった。こういう遺体の発見のされ方をすると、事件性があるかもしれない、ということで、おじいちゃんの遺体はいったん警察に運ばれた。もしや、宮脇君が反撃に？　と思わないことはなかったが、警察での検視の結果、おじいちゃんの死は事件でもなんでもなく、脳内出血による自然死だった。

私はママと二人で警察の遺体安置所に行った。見せてもらったおじいちゃんの体はひんやりと冷やされ、もうそれは生きているおじいちゃんではなく、魂の抜けたおじいちゃんの殻のようなものだった。

おじいちゃんの心とか魂のようなものはもうここにはいないのだろうと思った。じゃあ、どこに？　天国や地獄にも行ってほしくはなかった。あの日の約束の通り、私のそばにいて、私を守ってほしいと、そう思った。

「一刻も早く葬儀をして、火葬してください」

ママが葬儀社の人に言った言葉通り、おじいちゃんの遺体は警察を出てそのまま葬儀場に向かった。葬儀は八月の三十一日に行われた。団地の人が幾人か来てはくれたけれど、最後には私とママの二人になった。ドライアイスで冷やされて、生花に囲まれた柩《ひつぎ》のなかのおじいちゃんを見た。まるで蠟人形《ろうにんぎょう》みたいだった。おじいちゃんはもう私とアイスを食べたり、ママの作ったおかずを口にしたりすることもない。そう思ったら、団地でのあの出来事を思い出して、涙が浮かんだ。ママが私の肩を抱く。

「最後はこうしてやらないと気が済まない」

ママはそう言っておじいちゃんの手の甲をギュッとつねった。

「冷たい……」そう言ってママは泣き崩れた。

私とママはたった二人でおじいちゃんが焼けるのを待った。

白いプラスチックの湯呑みに、色だけがついたお茶を飲みながら、私はママに聞きたかったことを聞いた。ママはいつかおじいちゃんに子どもの頃、額を傷つけられたと言った。それに宮脇君に木刀を突きつけるおじいちゃんのあの目。私が知らないだけで、おじいちゃんはとんでもない人なのではないか、とずっと思っていたのだ。

「おじいちゃんはほんとうは悪人だったの？」

ママはしばらくの間考えていた。

「私にとっては悪人。おばあちゃんにとっては半分悪人。……でも人間てさ、どっちでもあるの。ママも誰かにとっては悪人でもあるし、誰かにとってはいい人でもある」

「じゃあ、パパは？」

「あれは悪人よう」そう言ってママは悪い顔をして笑った。ママが私の頭を抱く。

「二人で生きていこうね」

「うん」

「学校なんて無理することないんだよ。行きたくなければ行かなくたって」

「……」私はしばらくの間考えた。また、一学期と同じいじめが続くかもしれない。宮脇君が私に復讐《ふくしゅう》するかもしれない。また、あの紙がばらまかれるかもしれない。私も半分、悪人かもしれない。でも、いじめに関しては、私はどっこも悪くないのだ。そう思った私は頰のガーゼをむしり取った。

「もうこれ、いらない。それに明日、学校行ってみるよ。だめだったらすぐ帰ってくる」

「無理すんな」そう言ってママは笑い、私の傷痕を冷たい指先で撫でた。


九月一日始業式の朝。私は洗面所の鏡の前に立った。ママはもう仕事に出かけた。頰の傷を見た。これも私の一部。もう隠したりしない。

九月になっても日差しはまだ真夏のままで、思わず俯《うつむ》きそうになるけれど、私は前を見てまっすぐ、学校に向かって歩いた。途中の道から同じ学校の生徒たちが合流する。学校が近づくにつれ、同じ学年、同じクラスの子もその流れに加わる。何人かは、ガーゼをしていない私の顔を見てギョッとした顔をし、何人かは私のほうを見て、コソコソ話を始める。傷痕が見たいのなら見ればいい。噂話もしたいならすればいい。顔に傷痕があることの何がそんなに悪いのか。

教室に入ると、みんなが私の顔を見た。「おはよう」と言ってみたものの誰も返事はしてくれない。思わずめげそうになるけれど、これくらいのことで挫《くじ》けていられない。

宮脇君が黒板のそばにいた。私が近づいて「おはよう」と言うと、宮脇君は真っ青な顔で教室を飛び出した。宮脇君が団地での出来事を話せば、また、新しいいじめが始まるかもしれない。でも今までみたいに私は黙っていない。

自分の席に着く。担任の先生がやってきて、ホームルームが始まる。先生の長い話に飽きて、ふと窓の外を見た。宮脇君がなぜだか校庭を全速力で横切って走っていく。宮脇君の影は小さく、彼の足元に張りついている。その後ろを太った黒猫くらいの濃い影がついていく。影が宮脇君の足にまとわりついたり、頭に乗っかったりする。宮脇君はその影から逃れるように、右に曲がったり、左に曲がったり、頭を激しく振ったりするが、影もしつこく宮脇君から離れない。私は目を擦《こす》った。それでも影は消えない。いつの間にか、宮脇君は私の視界から消えた。どこに行ってしまったんだろう？　球のような影だけが今、校庭の中央にあった。影はむくむくと大きくなり人のカタチになる。小柄な大人くらいの大きさになって、校庭にぽつんと立っていた。見ている私に気づいたのか、影が私に向かって片手を振る。その瞬間、シュッと消えていなくなった。今はもう夏の白い光に照らされた誰もいない校庭があるばかり。

「熊倉、よそ見しないで」先生に注意された。

「すみません……」

何人かの生徒が振り返り、私を見てくすくすと笑った。

私は黒板の前に立つ先生を見た。二学期だって多分、一学期と同じくらい、しんどいのだろう、と思った。でももう、ガーゼはしないし、保健室にもなるべく行かない。無理はしない、でもできるだけ。小さく心に誓う。

さっきの校庭の影は、久しぶりに学校に来たストレスが高じて、私の脳が作り出した幻影かもしれない。それでも、おじいちゃんが来たのだと思った。

私は多分、もう一人で大丈夫。私は心のなかでそうつぶやいて、先生のほうに顔を向けた。そうして、私の二学期が始まった。

冥色

実家が太くない限り、家など買えないと、そう思い込んでいた。

それでも三十を過ぎて、１ＤＫのマンションでＷｅｂデザイナーの仕事をすることに嫌気が差してきた。仕事をしているデスクからベッドが視界に入る生活というのは精神衛生上あまり良くはない。そもそもＷｅｂデザイナーなんて仕事、いつまでできるのか疑わしかった。自営業だから月によっても年によっても収入の差はあって、この先のことを考えれば固定費を減らしたかった。

ここより広い部屋に越しても家賃が上がるだけで、その部屋が自分のものになるわけでもない。中古マンションを買おうか、という考えは幾度も頭に浮かんだが、都心の古い小汚いマンションが四千万近くの価格で売られているのを見ると、心の底からうんざりした。

自分の仕事の都合上、何も都心でなくてもいいのだ、と気づき、東京西部や神奈川のマンションを探しているとき、とあるサイトで若者に人気の高いリフォームメーカーが団地をリフォームして売り出しているのを見て、これだと思った。東京と隣接する神奈川の市部で都心まで四十分弱。駅までバスで十五分。築年数は四十年をゆうに超えているが、耐震補強工事が数年前に行われているということだった。

一番の魅力は価格と3DKという広さだった。仕事の場と生活の場を明確に分けることができる。半分を自分の貯金から、残りをローンにすれば自分にも買えるのではないか。自営業の自分がローン審査に通るか不安だったが、予想に反して、あっさり通過し、拍子抜けしたほどだった。そうして、自分は易々《やすやす》と、月に四万ほどのローン返済で自分の城を手に入れたのだった。この部屋に飽きたら、前倒しでローンを払ってしまって、また自分の金で派手なリフォームを施せば、この部屋を売りに出すことができるかもしれない。住む前からそんな考えも頭をかすめたが、とにかく、今は、この団地に腰を落ち着けたかった。

引っ越してきたのは夏で、エアコンはもちろんついていたが、そんなものをつけなくても、南から北に通り抜ける風の涼しさに驚いた。とはいえ、団地はマンションのように気密性が高くない、すなわちあたたかくない、と気づいたのは、秋もずっと深まった頃で、エアコンだけで暖をとるのは難しそうだった。この団地では石油ストーブは使ってもいいと聞いていた。早速、ネットで昔家にあったような石油ストーブを購入した。

マッチで火を点《つ》けると、懐かしいにおいがした。

高校のときの美術部のにおいだ。記憶がするするとほどけていく。部室にもこんなストーブがあって、部員たちが勝手に餅や芋を焼いていた。部室から人がいなくなる隙を狙って、後輩の女子とくちづけをしたことがある。彼女のことが好きだったわけでもない。自分はただ、くちづけ、という体験がしてみたかった。彼女の唇からもリップクリームだろうか、油くさいにおいがした。あの子は今、いったいどうしているのだろう、とふと思った。自分が高校を卒業したあと、野球部の誰かの子どもを妊娠して堕《お》ろした、という噂《うわさ》があった。大学には進んだのだろうか、結婚はしたのだろうか、と想像をしてみたものの、彼女の高校からその先がまったく浮かばない。そんなことは同級生にでも聞けばすぐにわかることなのに、正直に言えば知るのが怖かった。

生まれた町を出て、もう十年以上帰っていない。

冬になれば重い雲が垂れ込め、すぐに雪が舞ってくるような町。日本海から吹いてくる風は頬を鋭く切るように冷たかった。大学進学直前、自分が東京に行くという段階になって、母から再婚する、と聞かされて、それきり母にも会ってはいない。母からは幾度も電話や手紙が来たが、反応したことはない。郷里の名物が送られてくることもあったが、自分はそれを開封することもなく、ゴミとして処分した。

母の再婚相手は、あの小さな町の自転車屋の親爺《おやじ》だった。幼い頃からよく知る彼が、自分の父親になると聞いて恐れおののいた。彼は自分の父親ではない。父は、自分が高校に入る年に死んだ。サラリーマンだったが、家ではジャズを聴き、絵画を描き、歌を詠み、東京から取り寄せたコーヒー豆を自分で煎《い》ってコーヒーを淹《い》れるような好事家《こうずか》だった。東京で生まれ、育ち、会社に入って地方に飛ばされたが、いつか東京に戻れる日を夢見て死んだ。

それでも母にはこの団地の住所をハガキで知らせた。細い糸のような繋《つな》がりではあったが、自分からぷちん、とその糸を切ってしまうのは怖かった。すぐに、あの町の銘菓がひとつ送られてきて、自分はそれをひとつだけ食べた。菓子箱の内側には分厚い封筒があった。念のため確認はしたが、それがただの母からの長い手紙だとわかると、自分はそれを読まずにシュレッダーにかけた。

この団地に来て、都心にいたときの人間関係の繋がりが、すべて途絶えたわけではないが、自然に整理されたことは自分にとって愉快なことだった。

「ねえ、××で呑んでいるんだけど、よかったら今から来ない？」などというメッセージが深夜に来ることもない。そもそも酒を誰かと呑むことが嫌いだった。仕事関係の人間と呑むのはもっと苦手だった。一人で強い酒を呑むのが好きだ。強い酒をショットグラスに二、三杯だけでいい。

そもそも酒に強いわけではないから、すぐに酩酊《めいてい》に近い状態がやってくる。そして、歯を磨いてベッドに入って眠ってしまう。そう自分では思っているのに、翌朝目覚めると、フライパンで何かを炒めたような痕跡や、幾枚ものレコードをかけようとした痕跡が部屋のなかに残っている。それが恐怖でもあった。自分にはまったく記憶がないのだ。とはいえ、誰かと呑んでいて、その相手に迷惑をかけたことはない。記憶のない行動は自分ひとりだけのときに起こった。

人間関係がある程度途絶え、そのなかでも女性との関係が整理されたことで、心の重石《おもし》から解放されたような気分になった。外で、一人で呑んでいると、必ずといっていいほど女性が近づいてくる。自分は顔がいいわけでも、話がうまいわけでもない。女性は「こいつならなんとかなるはず」と自分を見下して、身を預けようとしているだけなのだ。だから、女性に困ったことはないが、三十を過ぎて、一晩限りの関係を持ち続けるのはどうだろう、と思ったことも事実だった。大学時代からつきあっていた彼女と二十六で別れてから、そんな荒れた生活が続いていた。既婚者とか、彼氏持ちの女とそうなって、やっかいなことに巻き込まれることにもうんざりしていた。

自分は黙っていると随分優しい男に見えるらしい。女たちは事が終わると、自らの秘密を易々と明け渡した。仕事がうまくいかない、彼氏とうまくいかない。彼女たちの抱える悩みはその程度のものだ。自分はそれに「うん、うん」と相槌《あいづち》さえ打っていればよかった。女たちは話を終えたあと、自分の腕のなかでひとしきり泣き、話を聞いてくれたお礼とでも言うように、くちづけをして、深く眠った。

そんな女たちのなかにも「やばいな」という地雷のような人間が時折いた。大抵の女は一夜限りで自分の部屋をあとにしたが、その後も勝手に部屋に訪《たず》ねてくるような女だ。自分はそんなときオートロックを絶対に解除せず、無視した。エントランスの自動ドアに

「７０５号室の大室《おおむろ》死ね」と赤いマジックで書かれたこともある。それが珠子《たまこ》（彼女自身がそう名乗ったが、それが本当の名前かどうかも知らない）だった。腕には自傷の痕がいくつも走り、バッグは心療内科でもらったという薬でぱんぱんに膨らんでいた。なぜ、珠子と寝てしまったのか……。

ひどく鬱憤のたまった夜だった。クライアントからの無理な発注。昼夜問わず、訂正を求める山のようなメール、その割には高くもないギャランティ。大学の同級生には、家を持って子どももいる奴《やつ》もいるというのに、自分はちまちまとパソコンの前で何をしているのか。返信するそばからやってくるメールにキレて、部屋を飛び出した。秋だというのに、うんざりするような暑さで。外を歩いていると、何百年ぶりかで皆既月蝕《かいきげっしょく》中に惑星蝕が重なるのだと、皆が空に携帯を向け、月を写真に収めようとしている。そんな姿にもなぜだか無性に腹が立った。

いつもの駅裏のバーに行くと、すでにできあがった男や女が自分に声をかけてくる。この店だけのつきあいのくせに、腹を割った親友の顔をされることにもイライラした。カウンターに座ると、端に座っていた女が自分を見た。それが珠子だった。白い顔、細い眉、顎のあたりですっぱりと切り揃《そろ》えたボブ、真っ赤な口紅。肩の出た安っぽいワンピースは古着の店にありがちな独特なプリントだった。大人の女を装ってはいたが、自分よりは年下だろうと思った。

なぜ、その顔に心がじり、と動いたのか。皆既月蝕のせいかもしれなかった。店ではたいして会話もしなかった。いつもの手順で自分の部屋に連れ込み、珠子が服を脱ぐのを待った。だが、彼女はなかなか裸にならない。ここまで来て、どういうつもりなのか。自分が珠子の下着を脱がせたが、彼女は抵抗すらしない。それでも自ら体を動かしたり、こちらに手を伸ばす様子もない。けれど、抵抗していないのだから、無理矢理ではない。同意しているのだ、と自分を納得させた。それでも、この女に深入りするな、というアラームが、行為の間じゅう後頭部のあたりで点滅していた。

いちばん恐ろしかったのはどこか無抵抗な珠子を相手に、いつもとは格段に違う快感が足元から体の中心に這《は》い上がってきたことだった。それでも自分の体の動きを止めることはできなかった。珠子の気持ちなど知る由もなかった。だが、彼女が最後の段階で叫びのような声をあげたとき、この性交は自分の欲望だけが突っ走ったものではない、と自分自身を再び納得させた。息が上がったまま、自分と珠子は二度、三度と交わった。そして、翌朝目覚めると、ほかの女たちと同じように珠子の姿はなかった。そんな朝など、もう数え切れないくらい迎えていたはずなのに、心のどこかにごろりと寂しさが居座っている。そんな体験は生まれて初めてだった。

そんなこっちの心情を知ってか知らずか、珠子はいきなり深夜に自分の部屋を訪ねてくるようになった。二人で食事をしたわけでも、酒を呑んだわけでもない。あまり言葉も交わさないまま二人は交わった。交わりが終われば、冷静になって、深みにはまるな、危険な女なのだ、と冷静に考える自分がいる。いつか何か、よくないことが起こる予感がした。それでも、珠子の顔を見れば、自分の情動が激しく刺激されてしまう。

団地に住むことが決まったとき、心も決めて、珠子が訪ねてきても一切無視して、部屋に入れなかった。もうこれで珠子との関係は終わり、後戻りすることもない。珠子に説明することもないまま、自分のなかだけでそう決めた。ドアチャイムが幾度も鳴らされ続けても無視し続けた。そうして、自分はあの部屋を引き払い、この団地に越してきた。新住所を知らせたのは、母と仕事関係の人間と一握りの親しい友人だけ。珠子は未《いま》だに自分があのマンションの７０５号室にいると思っているのだろう。そうして、まるで瞬間移動するように、自分はこの部屋で暮らし始めたのだった。

団地暮らしは穏やかにスタートした、と言っていい。

老人たちの早朝のラジオ体操の轟音《ごうおん》や、定期的にやってくる掃除当番などの雑務にはうんざりもしたが、勤め人でない自分が我慢できないことでも、やれないことでもない。

部屋の左右も上下もかなり年を重ねた老人たちがひっそりと暮らしている。だから、深夜の生活音には自分なりに気を使った。そのせいか、今までトラブルが起きたこともない。

団地の敷地のなかには、小さなスーパーマーケットや、パン屋、カレー屋、カフェに、バーまである。自分のようにこの団地に安価な住まいを求めてきた若者たちは、次第に増えていた。スーパーとバーを除いては、こうした店を経営しているのもほとんどが自分のような移住組で、若者たちのコミュニティが、この古ぼけた団地の片隅からアメーバのように各所に触手を伸ばしつつあった。スーパーにないものを探しに、バスに乗って駅前に行くこともあったが、久しぶりにユニクロや無印《むじるし》、成城石井《せいじょういしい》などという文字を目にすると、うんざりした気持ちがわき上がってきた。都心から離れてみてもなにも変わらないのだ、と言われているような気になった。

それがきっかけ、というわけではないが、自分は団地のなかで生活を完結するようになった。朝はパン屋で焼きたてのパンを買い、昼にはカレー屋かカフェで食事をし、夜は呑みながらバーで食事をとる。住居費が低いからできる生活でもあった。とはいえ、バーで酒を呑むときには、慎重になった。あの町にいたときのように、深酒をしない、女を連れ帰らない、そう自分に誓った。この団地で珠子のときのような騒ぎを起こしたくはなかった。そうは言っても、どこか昭和の時代を感じさせるバーは年配の客も多く、年配の店主である香苗《かなえ》さん以外、女がいない夜も多かった。そもそもバーは早い時間で閉まってしまう。そのことに自分は安堵《あんど》を覚えた。呑み足りないときには自分の部屋に帰り、テキーラやウオッカの瓶を開けた。ヘッドフォンをして大音量で音楽を聴き、体を揺らして酒を呑む。ただ、それだけでよかった。

そんな夜を過ごした翌日、土曜日の午前中。ドアを激しく叩《たた》く音で目を醒《さ》ました。

自分はなぜかソファにブランケットをかけて寝ていて、手にしたままの携帯を見ると午前九時を過ぎている。ドアを叩く音はやまない。なぜ、ドアチャイムを鳴らさないのか、一瞬、珠子のことが思い浮かんだが、頭を振ってその思いを消した。こめかみの鈍痛を感じながら、玄関に急いだ。薄くドアを開けると、一人の老人が箒《ほうき》を手に立っている。知らない顔だが、その顔には明らかに怒りが滲《にじ》んでいる。

「大室さん、今日、当番だろ」

「あっ」

そう言えば、今日は団地の中庭の掃除日。自分もその当番だったことをすっかり忘れていた。

「すみません。今すぐ行きます」

顔も洗わず、コンタクトレンズを入れ、うがいだけをして、着ていたスエットの上下のまま、ゴムサンダルをつっかけて外に出た。さっきの老人の元に駆けつける。

「本当にすみません。すっかり忘れていて」そう言ったものの、老人は表情を崩さない。

「これだから若い人間なんか入れるんじゃないって言ったんだ」

そう言われたものの、ここはもう自分の住処《すみか》だ。今のところ、ほかの場所に移る予定もない。けれど、引っ越す前に不動産屋に聞かされていたことでもあった。

「古くからの住民と絶対に揉《も》めないこと」と。「特に団地は古くから住んでいる人が強いですからね。そこと揉めちゃうと途端に住みにくくなるから」と釘《くぎ》を刺されていた。

「本当にすみませんでした。これからはこういうことがないように気をつけます」と老人に頭を下げて、そのあとはただ黙々と中庭の落ち葉を集め、それをゴミ袋に詰めた。しばらくすると、どこかで会ったことのある自分と同い年くらいの女性が、自分に頭を下げる。誰だったろうか？　そう思いながらも頭を下げると、

「そこのパン屋の遠藤《えんどう》です。いつもお店に来てくださってありがとうございます」と笑顔を返される。その声で思い出した。店にいるときには、紺地の給食帽のようなものをかぶって髪の毛をそのなかに入れているから気づかなかった。今はかぶりものはなく、肩まで伸びた髪を後ろでゆるく結んでいる。遠藤さんの顔を見て、なぜだかヒメジョオンの花が浮かんだ。花屋に並ぶすました切り花でなく、道端に咲く、どこか可憐《かれん》なあの花。

「ああっ。ぜんぜん気づかなくてすみません。僕、大室と言います。それに遅刻までして本当にすみません」

うがいはしてきたけれど、酒のにおいがしないか気になった。

「お仕事忙しいんでしょう夜遅くまで」

「えっ」

「私の部屋から見えるんですよ。お部屋の灯《あか》りがいつも夜中まで明るいから。いつかベラ

ンダにいらっしゃるのを見て、あっ、あのお客さまだ、って。もしかして、夜中までご自宅でお仕事されている方なんじゃないかと思って」

そう言いながら、遠藤さんが自分の住む部屋のあたりを指差す。中庭を挟んで斜めに立つD2棟がこちらを向いている。遠藤さんがどの部屋に住んでいるのかはっきりとはわからなかったが、確かに棟同士が向かい合っているのだから、自分の部屋の灯りが点いているかどうかなんて簡単にわかってしまう。

「あっ、いや、なんか、すみません」

カーテンを閉めているとはいえ、酩酊して踊っている自分のシルエットすら見られているんじゃないかと思ったら気が気ではなかった。話をする自分たちをさっきの老人が鋭い目で見ている。自分は慌てて箒を動かした。彼女が自分に近づき、こそりと言う。

「今週末からランチ始めたんです。よかったら来てください」

そう言ってから遠藤さんは老人に笑顔を向け、自分から離れ、掃除に専念する。彼女の言葉にどきりとしながらも自分もまた、掃除をまじめにやっている振りをした。

酔いの芯はまだ頭のどこかに残っていたけれど、掃除から解放された自分は部屋に戻ってシャワーを浴びた。濡《ぬ》れた髪の毛を乾かし、アイロンをかけたばかりのシャツに袖を通し、葡萄色《ぶどういろ》のカーディガンを羽織った。ハイカットのスニーカーを履いて、パン屋への道をゆっくりと歩く。

店の外からなかを覗《のぞ》いた。確かに窓際にカウンターがありイートインコーナーができている。その端で若いカップルが食事をしていた。いつの間に？　と思いながら、自分は店に入った。昼時だからか、店のなかはそれなりに混んでいた。店の奥に遠藤さんを見つけ、軽く会釈する。彼女はやはりいつもと同じように紺地の給食帽のようなもので髪の毛をまとめている。さっき目にしたばかりの彼女の豊かな髪の毛が見られずに、どこか自分はがっかりしている。アルバイトらしき女性に、「ランチセットを」と声をかけると、店の奥から遠藤さんが大きな声で尋《たず》ねる。

「コーヒー？　それとも紅茶ですか？」

「じゃあ、ホットコーヒーで」やや大きめな声で自分も返事をした。

「お座りになってお待ちください」

彼女に言われるまま、窓際のカウンターの端に座った。

店の前を往《ゆ》く人たちを見るともなしに眺める。ほとんどは老人だが、そこに若いカップルや、幼い子どもを連れた家族が交じる。さっきの老人の話ではないが、この団地の部屋の三割が、すでにリフォームをして安く売られ、そこに若い世代が住み始めているのだと、バーの香苗さんから聞いた。自分もその一人なのだ。

「新陳代謝ね」

いつかの晩、香苗さんは煙草《たばこ》の煙を長く吐き出しながら言った。

「みんな死んじゃうからね」

そう言って、くしゃりと煙草を灰皿に押しつけた。

自分の部屋の、前の住人があの部屋で亡くなったことは、不動産屋にも聞いて知っていたことだった。

「自死でも孤独死でもありません」と彼は言ったが、

「じゃあ、どんな？」と聞いても、何も答えてはくれなかった。自分には幽霊を見る能力も霊感もない。たとえ、あの部屋で見知らぬ誰かがなんらかの理由で亡くなったとしても、あの部屋を買うことはやめなかっただろう。自分で新築の家を建てたり、新築のマンションに住まない限り、なんらかの出来事があった場所に住むことからは逃れられないのだから。

「お待たせしました」

そう言って遠藤さんがランチセットを運んできた。木のトレイの上にはボリュームのあるサンドイッチが二切れ、添えられた小さなカップにはとろりとしたかぼちゃのスープのようなものが入っている。それに見るからに新鮮そうなレタスと人参《にんじん》のサラダ、マグカップのコーヒー。さまざまな香りがひとつになって食欲を刺激した。朝から何も食べていない。すぐさま小さなカップに手を伸ばしスープを啜《すす》った。荒れた胃の粘膜を優しく慰めてくれるような味だった。

「うまい」

思わずそう言うと、遠藤さんが笑った。真珠のような歯が口元から零《こぼ》れる。

「るりさーん」ほかのスタッフから呼ばれると、彼女は「どうぞごゆっくり」とまた笑顔を見せて自分の元から去った。

るり、という名は、ひらがなでるり、だろうか、それとも瑠璃だろうか。そんなことを考えながら自分はゆっくりと時間をかけてサンドイッチを食べ、コーヒーを飲んだ。

「ごちそうさまでした。本当においしかったです」

そう言いながら勘定を払い、店を出ようとすると、るりさんに呼び止められた。

「これよかったら、明日の朝食にでも」と紙袋を渡してくれる。えっ、と思いながらそれでも紙袋を受け取ると、「実は大室さんにご相談したいことがあって」とるりさんが言う。ああ、やっぱりそんなことか、と思いながら、それでも店の外で彼女の秘めやかな声の相談ごとを聞いた。一人の老人が彼女につきまとっているのだと言う。

「今朝の掃除の？」

「いいえ、あの方じゃないんです。多分、この団地の方だとは思うんですけれど、どこに住んでいるかはわからなくて。私が夜、店を出るとあとをついてきて、部屋まで」

「……」

「浴室の窓に人影が映ることもあって、それに……」

るりさんが何かを言い淀《よど》む。唇を噛《か》んであらぬ方向を見ている。それでも心を決めたのか再び口を開いた。

「図々《ずうずう》しいお願いだと本当にわかっているんですけれど、ご都合のいい日だけでかまわないのです。……あの、私が店を出るときに、部屋まで一緒に行っていただけないでしょうか？　閉店時間は午後八時です。部屋まで十分もかかりません。男性がいるのだとわかったら、相手も諦めてくれるというか……」

「午後八時なら、自分もまだ仕事をしている時間ですし……」時計を見ながら言った。半分は嘘《うそ》だ。バーにいる時間でもある。それでも言った。

「ええ、大丈夫ですよ。午後八時前にこちらに来ればいいんですよね？」

「本当にすみません。こんな大変なこと、ほかにお願いできる方もいなくて……」

ということは彼氏も夫もいない。ということか。そう思ってどこか安堵している自分がいた。そのとき自分にやましい気持ちがなかった、と言えば嘘になる。すでに朝の段階で、るりさんは気になる女性になっていたのだ。自分はデニムのポケットに入っていた財布から名刺を一枚出して、るりさんに渡した。彼女は一瞬驚いた顔をしたがそれでも受け取ってくれた。

「じゃあ、今日から。僕、午後八時前に来ますので」

口元のパン屑《くず》を払いながら、そう言った。

「あの、大室さんはうちのパン、これからお代は頂戴《ちょうだい》しませんので。いつでもいらしてください」

そう言ってるりさんは笑い、頭を深く下げて店のなかに入っていった。

どこか浮き上がるような気持ちで自分は部屋に帰り、ソファに横になった。

自分はひとりぼっちとか、孤独だとか思ったことなど今までなかったのに、自分は一人じゃない、というかすかな歓《よろこ》びが胸の真ん中のあたりからこんこんと湧いてくる。都心を離れ、あの町を捨てるように逃げてこの町に来て、この団地に住んで。強気でいたつもりだった。それなのに、誰かに頼りにされることを面倒とも思わず、喜々として受け入れるなんて、今までの自分を考えればあり得ないことだった。自分はそんなに誰かに必要とされたかったのか、と思えば、我が身がどこか愛《いと》しい気持ちにもなるのだった。

覚えていない幾つかの夢を見て、目が醒めたときには夕方に近かった。カーテン越しに夕陽《ゆうひ》が燃えるように映っている。るりさんの夢を見たような気もするし、ふかふかのパン種のなかに包まれるような夢を見たような気もした。

カーテンを開けてベランダに出て、向かいのD2棟に目をやった。そのどこかがるりさんの部屋なのだろうけれど、それがどこかはわからない。けれど、自分はいつかその部屋に行くだろう、という確信めいた思いがあった。

ベランダに出しっぱなしだったキャンプ用の折り畳み椅子に座って、煙草を吸うまねごとをした。箱から煙草をつまみ出し、デニムの後ろポケットに入っているライターで火をつける。その煙を口のなかいっぱいに吸い込み、吐き出す。煙草はもう何年も前にすっかりやめていたが、それでも時々、発作的に喫煙がしたい、という欲望がわき上がる。そんなときはこんなふうに嘘の煙草を吸った。喫煙をしたい、という欲望は、女を抱きたい、という欲望にも近かった。自分はいつかるりさんを抱くことがあるだろうか。そのとき、手にしていた携帯が震えた。一通のメッセージ。誰だろうと思いながら、タップする。

「はーい。珠子だよ。どこに住んでいるかわかっちゃった。てへ」

思わず携帯を落としそうになる。椅子から立ち上がり、あたりを見回した。どこからか珠子がこちらを見ているかもしれない。視界の端に小型犬を散歩させている老人がいるが、この団地の人ではないだろう。この団地はペット禁止だ。

次のメッセージを待った。けれど、それきり途絶えた。

いつの間にか夕暮れが夕闇になるまで自分はそこにいた。恐怖、という感覚からは遠かったけれど、薄ら寒さを感じた。できるだけ珠子からは遠く、遠く、ありたい。珠子は自分が子どもの頃に捨てた子猫のようなものだった。学校帰りに拾い、家に連れ帰ったものの、父から家を汚すとひどく叱られ、捨ててくるように言われた。人気《ひとけ》のないお寺の境内《けいだい》に子猫を置き去りにした。ついてこようとする子猫を振り払うように自分は自転車を漕《こ》ぎ、その場をあとにした。あの猫につけようと思っていた名前も「たま」だった。子猫の鳴き声は家に帰ったあとも聞こえるような気がした。あの日以来、家の近所で「たま」に似た子猫を見ると、冷水をかけられたような気持ちになった。よく見ればそれは「たま」ではないのだけれど、「たま」がいつか自分に復讐《ふくしゅう》しにくるのではないか、そんな考えが成長しても頭を離れなかった。面倒になれば捨てる。主に女を捨てて生きてきた。あの町も捨てた、珠子も捨てた。珠子にも自分はいつか復讐されるのではないか。もう一度、携帯を見た。そこにはさっきの文字の羅列はなかった。暗闇のなかで携帯の画面だけが光っていた。

Close と札の下がったパン屋のドアを軽くノックするように叩くと、店の奥からるりさんが出てきた。営業中のときのように髪はまとめておらず、朝の掃除のときと同じように豊かな髪を後ろでゆるくまとめている。

「ごめんなさい。変なお願いして、お仕事忙しいんでしょう?」

「家でする仕事だからなんとでもなります。本当に気にしないでください」

今日は一日仕事などしなかった。叩き起こされて団地の掃除をし、パンを食べて、昼寝をし、ベランダに出て煙草を吸うまねごとをしただけだ。直近の締め切りまでには、まだ随分と間がある。

るりさんが店の灯りを消し、シャッターを下ろす。それを手伝った。そうして二人、暗い団地の敷地のなかを歩いていった。確かにるりさんのパン屋のある場所から、自分らの住む棟までは、こんなに早い時間でも女性一人で歩くには怖いだろうな、と思われる場所がいくつかあった。夜だというのに中学生くらいの複数の男子がたむろしている児童公園。昼間は幼い子どもたちの声でにぎやかだが、夜の公園には昼にはない不気味さが横たわっている。彼らは何をするでもなく、遊具の上に座り、携帯の灯りに顔を照らされている。通り過ぎたとき、煙草のにおいが鼻をかすめた。違う棟に続く短いトンネル。ここも昼間ならなんということはないが、やはり中学生くらいの子どもたちがスケートボードに興じている。すれ違いざま、男子の一人が下卑《げび》た言葉をるりさんに投げつける。子どもとはいえ、集団になれば何をするかわからない。女性の一人歩きは物騒だ。

「私ね、こんなものまで買って」

自分の横を歩いていたるりさんが、黒い髭剃《ひげそ》りのようなものを差し出した。るりさんがスイッチを押す。暗闇のなかで火花が散った。

「それって……」

口のなかが瞬時に乾いた。

「護身用です」そう言って笑う。ということは、ここで自分がるりさんに予想外の行動を起こせば、この機械で撃退されるというわけだ。

「やだ。大室さんには使いませんから安心してくださいな」と、自分の心を見透かしたようなことを言う。るりさんは自分に微笑《ほほえ》みかけているが、自分はその笑顔にうまく笑顔を返すことができない。それでも自分はるりさんの隣を歩き続け、るりさんの住んでいるD

2棟に近づいていった。

「すみません。部屋まで、いいですか？」

「もちろんです」

狭い階段を回るように、三階まで上がった。３０３。ドアプレートには遠藤、とある。

そこがるりさんの部屋だった。

「本当は部屋に上がっていただいてコーヒーでも召し上がっていただきたいんですけれど、私もうクタクタで、パン屋って朝も早いし。……でも、水曜日はお休みなんです。大室さん、来週の水曜日、ご夕食でもいかがですか？　私はパン以外はあんまり得意なものもないんですけど」

「いえいえ、そんなお気になさらず」

「あんまり強引にお誘いすると迷惑ですよね。彼女さんにも悪いか。……だけど、私、こんなに面倒なことお願いして何か大室さんに御礼がしたいし」

「いやいや、そんな存在はいないんです。でも、るりさんの夕食はご馳走《ちそう》になりたいです。あ、ごめんなさい。るりさんとお呼びしてもいいのでしょうか？」

「もちろんです」

そう言って、るりさんは子どものように、その場で小さく飛び上がるような素振りを見せた。どこか芝居がかったるりさんを見ながら、あの町の酒場の帰りならば、自分はここでくちづけをしたはずだ、と思った。けれど、さっき見せられたスタンガンが目の前でちらつく。

「じゃあ、僕はここで。明日も同じ時間に伺います」

「ありがとうございます。じゃ、おやすみなさい」

自分がそう言うと、るりさんは深く頭を下げてから、ドアを開けて、するりと部屋のなかに入っていった。

確かにるりさんの店から、るりさんの部屋まで時間にして十分もかからない。決して重い負担というわけではない。この毎日のルーティンが、ついつい根を詰めてしまう仕事の休符になるような気がした。それ以上にるりさんに毎日会えることがうれしかった。

自分の部屋に帰り、そのままベランダに出た。向こうの棟の三階。ベランダですっかり冷えてしまっているだろう洗濯物を取り込んでいるるりさんの影が見えた。こちらが見えていないかもしれない、と思いながら、それでも手を振る。るりさんがはっ、と気づいて手を止め、ベランダの柵に体を預けるようにして手を振る。るりさんが頭を深く下げる。その影が愛おしいと思った。自分の女性との関係は、まず体の交わりから始まった。影が愛おしいなどと思ったのは生まれて初めてのことだった。

ベランダから部屋に戻ったあとも、どうにも気持ちは落ち着かなくて、いつものバーに足を向けた。客は相変わらずお年寄りが多い。自分はいつものカウンターの隅に座りながら、客の会話を聞くともなしに聞いていた。隣の五十代くらいの女性が声をあげる。

「この団地、幽霊が出るってほんとなの?」

そう聞くのだから、この団地の人ではないか、もしくは最近、ここに引っ越してきた人なのだろう。カウンターのなかにいる香苗さんが口を開く。

「そんな話、山ほどあるわよ。なにせ、じいさんもばあさんも次々にここで死んでいくんだから。あの池だってさ」

「えっ、あの池って、あの池?」

思わず自分は尋ねた。たしか団地の入口の門の脇に池のようなものがあるが、今は水量も少なく、いつ乾いてもおかしくはない状態を晒《さら》していた。香苗さんの目が泳ぐ。

「そりゃあるわよ。誰かがおもしろおかしい話にしてさ。昔からある池なんだから。子どもが溺れそうになったこともあるし」

そこまで言って香苗さんは口を噤《つぐ》んでしまう。隣の女性客はもう違う話題で口を開けて大笑いしている。香苗さんは時々、こんなふうになる。新参者には聞かせたくない話があるのだろうと思って、それ以上は聞かなかった。

その夜は早めにバーを出て、その池に向かった。この団地に越してきて以来、あの池に意識を向けたことすらなかったが、バーでの話を耳にして、その池をどうしても見たくなった。軽く酔っていたせいもある。池のまわりにはろくに灯りもないので、自分の視線の先に池があるのかどうかもわからない。フェンスに寄りかかって、深く息を吸った。さっきのるりさんの様子をくり返し、頭のなかで反芻《はんすう》していた。夫がWebデザイナー、妻がパン職人って、なかなかいいじゃないか、と考えている自分に驚愕《きょうがく》する。いかにもWeb記事に登場しそうないけすかないカップルじゃないか。古い団地をリノベーションして暮らしているカップルなんて。そんなカップルにはうんざりしていたはずなのに、なぜだか、そうなってもいい、という気持ちまで生まれている。それが幸福かどうかなんて、誰にもわからないのに。

ふいに足元にあたたかさを感じた。何かが動いている。生きものの気配だ。しゃがんで目を凝《こ》らす。子猫だった。ぎょっとした。子どもの頃に捨てた子猫によく似ていたからだ。抱こうとすると、自分の手をすり抜けて、地面に足を下ろす。そのうち、フェンスの穴の向こう側に行ってしまった。大人一人やっと通れるくらいの穴が開いている。危ないなあ、と思いながら、自分はいつの間にか、その穴を潜《くぐ》ってフェンスの内側にいた。確かにとろりとした黒い水の溜《た》まりがそこにはある。池の縁に柵もない。このまま歩を進めれば、自分は池に落ちるだろうが、溺れるほどの深さもないように思えた。とはいえ、今こんなところにいるのを誰かに見られたら、不審者以外の何者でもない。再び慌ててフェンスの穴を潜った。そのときジャケットのポケットが震える。メッセージが一件。

「ねえ、あたしの元からなんで急にいなくなっちゃったの。寂しくて、お薬たくさんのんじゃった。今度、新しいおうちに行ってもいい?」

差出人すら確認したくはなかった。これが本当に珠子なのか、自分には見当がつかなかった。メッセージを即座に削除する。あの町の誰か、あの町のあのバーで出会った誰かのいたずらだと思いたかった。携帯をポケットに突っ込む。暗闇のなかを自分は部屋に向かって歩き出した。


穏やかに自分とるりさんとの繋がりは続いていた。るりさんの部屋にも行き、約束通り、彼女の仕事の定休日には夕食をご馳走になった。自分の部屋と同じ間取りなのに、自分の部屋とはまるで違う。カーテンの柄も、壁紙も、床のフローリングも、吊《つ》るされているランプもるりさんなりのこだわりがあって、あたたかみのあるインテリアになっている。自分の部屋はあまりにも無機質だと思わざるを得なかった。るりさんを店まで迎えに行く約束が、二カ月ほど続いたある寒い夜、彼女が食事の前に緊張した面持ちで言った。

「私、大室さんが好きだと思うんです。私とつきあってくださいませんか?」

そんな告白を受けたのはいつぶりになるのだろう。時間が巻き戻されて、中学生にでもなった気分だった。面食らいながらも、それでも自分は言った。

「僕もるりさんのことが好きです。おつきあいしてください」

言いながら、恥ずかしさが背面を走る。言い終わったあと、くちづけをしようとすると、るりさんが顔を背《そむ》ける。俯《うつむ》いて言う。

「私、あんまりこういう経験がなくて、少しずつ進めてくださいませんか？」

「わかりました」

るりさんの言うように少しずつ進めようと思った。この人はいずれ自分の妻になるのかもしれない女性なのだ。それくらい、自分のなかでるりさんという女性の存在が日々、重みを増していた。バーで出会う女性とは違う。自分も生まれ変わるのだ、と心に決めた。だから時間をかけた。るりさんの嫌がることは決してしなかった。告白をされて一ヵ月後、自分とるりさんは初めてくちづけを交わし、告白されて二ヵ月後、体を交わした。その日を自分は待ちわびていて、裸のるりさんと肌が触れあったときには、やっとここまで辿《たど》り着いたという気持ちだった。

だが、不思議なことにまるで快感が、ない。

幾度体を交わしてもそうだった。射精という最終段階にいかないことも多かった。るりさんには欲情しているというのに、それが体の反応に結びつかない。るりさんはそんなとき、僕自身をすぐさま口に含んだ。それが形を変えると、るりさんが自分に跨《また》がる。そんなるりさんの顔を下から冷静に見上げている自分がいた。どんなにるりさんが頑張っても僕は到達しなかった。

「お酒を少し呑みすぎたんじゃないかしら」

自分を納得させるようにるりさんは言い、裸のまま、僕のわきの下に体を丸めて眠った。寝息も立てず、深く眠るるりさんを見て思った。健やかすぎるのだ、と。

体にいい無添加のパンを毎朝作り、店も繁盛している。パンの味も、店長であるるりさんの評判もどこも悪くはない。けれど、そのことに少し緊張している自分がいる。自分は、といえば、理由もなく、定期の仕事を二つ切られた。すぐに営業をかけなければ、と心に誓ってもいったん部屋に入ってしまえば、都心は遠く、しばらくは貯金を崩してなんとか暮らしていこう、と思ってしまう自分がいる。万一、るりさんと結婚すれば、主夫という道もある。何を馬鹿な、と自分は頭《かぶり》を振る。とはいえ、自分が「主夫になる」と言えば、「いいんじゃない」と返事が返ってきそうで怖かった。

そんな最中《さなか》でも、るりさんを店に迎えに行き、部屋まで送る、という日課はまだ続いていた。自分を執拗《しつよう》に追いかける老人がいる、とるりさんは言ったが、自分がそばにいるからなのか、そんな老人の気配は彼女のまわりにはなかった。それでも、部屋まで送ったあとも、「今、ドアチャイムを鳴らされた」「浴室の窓を叩かれた」とメッセージが来ることがあった。そう言われれば、すぐに仕事を中断して、るりさんの部屋に駆けつけた。「一人で眠れない」と言われれば、彼女が深く眠るまで、共にベッドに横になった。ベッドサイドには、いつか見せてくれたあの黒い機械があった。

「二人ともひとつずつ部屋を持っているのももったいないよね」とるりさんが言い出す頃

には、自分はじわじわと真綿で首を絞められている気分になった。

体を交わして本来あるべき反応や快感すらないのに、その女性と共に暮らしていけるものだろうか？　答えはＮＯだった。そんなときに思い出すのは珠子のことだった。珠子の白くて細い腰が目の前にちらつく。自分の気持ちひとつで猫を捨てるように珠子を捨てたくせに、珠子のことが、正確に言えば珠子の体が無性に懐かしかった。今すぐ、あの町のあのバーに行かなければ、と仕事をしながら腰が落ち着かないこともしばしばあった。

少しずつ、るりさんとは距離を置きたい。でもどうやって距離を置けばいいのか、それがわからなかった。あの町にいたときのように、いきなり連絡を絶つとか、いきなり引っ越してしまう、という手は使えない。なんで、自分は安さにつられて、団地の一室など買ってしまったのか、ここに越してきて初めて生まれた後悔だった。ローンはまだ残っている。ローンが残っていても引っ越しはできるものなのだろうか……。そんな記事をＷｅｂで読むようになった頃、るりさんの毎日の店までの迎えを、週の半分に減らしてもらった。

「申し訳ないです。仕事が急に忙しくなってしまって……」

るりさんを迎えに行くついでに言った。もちろん嘘だ。

「いいことじゃないですか……」

そう言ってるりさんは自分に視線を向けることもなく、鋭利なパン切り包丁でパンを薄切りにしている。彼女は笑みすら浮かべているのに、なぜだか自分自身を薄切りにされているような気持ちになった。気詰まりなるりさんの迎えは週の半分になっても律儀《りちぎ》に続けていたが、もう彼女の部屋に寄ることはなかった。少しずつ、少しずつ、距離をとっていけばいい。とはいえ、同じ団地、しかも向かいの棟に住んでいる相手に対してそんなことができるのか、実際のところはわからなかった。

自分は再び強い酒を呑んで眠るようになった。一人の冷たいベッドに横になってもさびしさはこみ上げてこなかった。ただ、自由だ、とそう思った。

年末にはインフルエンザでひどい目に遭った。

高熱が続いて体が震えた。何枚毛布や布団を重ねても、体の震えは止まらなかった。るりさんはすぐに見舞いに来た。自分は「うつるといけないから」と言ってドアさえ開けなかった。「じゃあ、ここに食べるものを置いておくので」そう言って彼女は去った。

彼女の足音が遠ざかったあと、ドアの外に置かれた紙袋を手にとった。ドアを閉めて紙袋の中身を確認した。タッパーに入ったシチューと、紙に包まれたいくつかのパン。こんなときにもパンかよ。体調の悪さから思わず悪態が口をついて出た。うまい、うまいと食べていたパンなのに、なぜだか今日はその香りが吐き気を刺激する。何も食べていない胃が痙攣《けいれん》し、便器を抱えて二度吐いた。

そんな合間にも携帯にメッセージが来た。

「二人でいてすごく楽しかったよね。私、あのときのこと今も忘れていない。明日、そっちに行くね」

読んですぐさまメッセージを削除する。高熱の頭では、これは珠子（を装った誰か）からなのか、るりさんからなのか、その判別すらつかない。けれど、この部屋に明日、誰かがやってくるのは確かなような気がした。だから、翌日の土曜日はまるで自分はこの部屋にいないように振る舞った。カーテンを閉め切り、浴室とトイレの窓を閉め、物音を立てず、暗くなっても照明を点けず、一日中ベッドのなかにいた。コツコツと部屋の外を歩く誰かの足音が聞こえると、布団に潜り込んだ。目を醒ましてはキッチンまで足音を消すように歩いて水を飲み、再びベッドに横になった。すでに日はとっぷりと暮れていた。ひどく寒い。暗闇のなかで石油ストーブを点け、キッチンにあった封の開いたままのグラノーラを皿にあけ、ミルクをかけて貪《むさぼ》るように食べた。着ていたスエットはたっぷりの汗を吸い込んで、嫌な臭いを発している。手で顎に触れた。無精髭が荒れた肌から顔を出している。再び携帯が震えた。思わず石油ストーブを消した。

「ねえ、今、池のところにいるの。暗いから部屋まで行けないよ、ねえ、お願い迎えに来て。一人じゃ怖いの」

ソファのクッションに顔を押しつけた。これはるりさんでも、誰かのいたずらでもない。珠子だ。るりさんは自分などが迎えに行かなくても、スタンガンを手に一人で部屋まで帰ってこられる女性だ。本来、そういう人なのだ。あの日、迎えに来てほしい、と言ったのは自分となんらかの関係を繫ぎたかったからだろう。それが彼女にとってどんなに勇気のいることだったかと今になってわかるが、そう思ったとして、彼女にもう愛しさが湧いてはこない。

ふらつく体で立ち上がり、玄関で素足にビニールサンダルを履いた。部屋の外に出ると鋭く冷たい外気が自分の体を包んだ。それでも、階段を降りる。

なぜ、自分は池に向かっているのか。珠子に会いたいからか。珠子がかわいそうだからか。いや、そうじゃない。こんな体で珠子に欲情しているのだった。いつだってそうだった。るりさんと体を交わすとき、自分は珠子のことを思い浮かべていた。どうしても彼女としなくちゃならないときはその方法を使った。珠子のなかで果てる夢想をして、るりさんと交わった。

珠子。珠子。譫言《うわごと》のように口にしながら、自分は夜更けの池に向かった。暗闇に目が慣れてくる。フェンスの向こうにぼんやりと白い影が浮かんでいる。近づけば近づくほど、コートの白が暗闇に映える。何の抵抗もなく自分はフェンスの穴を潜った。コンタクトレンズをしていないから、すべての風景がぼんやりとしていたが、目の前にいるのは確かに珠子だった。顎のあたりですっぱりと切ったボブ、赤い唇。珠子に近づき、その体を抱きしめる。珠子ではない香りがする。その首はなぜだか太い。それでも、自分はコートの裾を割って、太腿《ふともも》に触れ、首筋に顔を埋《うず》めた。そのとき、誰かの話し声が聞こえた。近づく複数の足音。珠子が自分の髪を引っ張る。ボブのウィッグが地面に落ちた。月の光にあらわになったのは短髪の青年だった。「容疑者確保」という声が耳をかすめる。白いコートを着た青年が自分の手をひねり上げる。遠くから聞こえるパトカーのサイレン、赤い点滅。暗闇に目が慣れると、池のまわりには、幾人かの人が立ちすくんでいるのが見えた。こんな時間にいったいなんなのか。

「放してください」

そう言えば言うほど、青年が自分の腕をひねる。思わず声が出た。人のなかに香苗さんを見つける。隣の人と何かを大声で話している。

「つきあっていた女殺して、ここに越してきたらしいのよ。平気な顔してうちでお酒呑んで」

いったいなんの話なのか。誤解だ。自分は叫んだ。人波のなかにるりさんを見つける。仕事のときの給食帽姿で豊かな髪をひっつめている。自分は叫ぶ。

「誤解だ。ねえ、るりさん。誤解だって言ってくださいよ。あなたなら僕の無実を証明できるでしょう」幾度もそう叫んで声が嗄《か》れた。るりさんは人ごみのなかに姿を隠した。

「嘘でしょ、殺人だって……」

「だから、新しい人をこの団地に入れるのはあれほど反対したじゃない」

老人たちのひそやかな声が自分の鼓膜を震わせる。

自分はめちゃくちゃに暴れた。自分の腕を摑《つか》んでいる青年の腹に蹴りを入れると、一瞬、自分の体が自由になった。どこでもいい。どこかに走り出そうとする。前に走ると、ずるりと何かに足をとられた。池の、泥のなかに転がり落ちた。自分が思っていたように浅くはない。このなかに立てば、肩のあたりまで泥に浸《つ》かってしまうのではないか。ぬるりとした泥が体じゅうにまとわりつく。その滑らかさは珠子のなかにいるときを連想させた。

そのとき、ひゅーっと何かが上空に向かい、爆《は》ぜる音がした。児童公園にいる夜の子どもたちだ。家に居場所のない子どもたちが夜の公園でロケット花火を飛ばし、鬱憤を晴らしているのだ。皆がそっちのほうを見る。そのとき、池に向かって何かが放り投げられた。七色の火花を散らしながら、こちらに飛んでくる黒い小さな機械。ああ、あれは、るりさんの大事なもの。放物線を描いてそれは、人々の頭の上を通り過ぎ、自分のそばに着水した。体ががたがたと震えるのは、インフルエンザのせいか、それともこの小さな機械のせいか。一瞬大きな震えが来て、自分は気を失った。そのとき脳裏をよぎる光景があった。

あの町の、自分の小さな部屋、白いバスルーム、水を湛《たた》えていないそのなかにキャミソール姿の珠子が体を横たえている。珠子の口の端から一筋細い糸のように流れる赤い液体。その白い首には黒々とした自分の指の痕。なぜ今まで忘れていたのか。強い酒がそんな出来事すら自分の奥深くに押し込めてしまったのか。どこかあたたかさも感じるぬかるみのなかに沈みながら、自分はこのまま珠子に呑《の》み込まれていくと、そう思った。

初出

トワイライトゾーン　「小説宝石」二〇二一年十一月号
蛍光　「小説宝石」二〇二二年一・二月合併号
ルミネッセンス　「小説宝石」二〇二二年四月号
宵闇　「小説宝石」二〇二二年十月号
冥色　「小説宝石」二〇二三年一・二月合併号

※この作品はフィクションであり、実在する人物・団体・事件などには一切関係がありません。

窪 美澄（くぼ・みすみ）

1965年東京都生まれ。2009年「ミクマリ」で第8回「女による女のためのR-18文学賞」大賞を受賞。同作を収録した『ふがいない僕は空を見た』で第24回山本周五郎賞、'12年『晴天の迷いクジラ』で第3回山田風太郎賞、'19年『トリニティ』で第36回織田作之助賞、'22年『夜に星を放つ』で第167回直木賞を受賞。その他の著作に『雨のなまえ』『すみなれたからだで』『やめるときも、すこやかなるときも』『じっと手を見る』『たおやかに輪をえがいて』『私は女になりたい』『朔が満ちる』『夏日狂想』『タイム・オブ・デス、デート・オブ・バース』『夜空に浮かぶ欠けた月たち』などがある。

ルミネッセンス

2023年7月30日　初版1刷発行

著　者　窪《くぼ》 美澄《みすみ》
発行者　三宅貴久
発行所　株式会社 光文社
〒112-8011　東京都文京区音羽1-16-6
電話　編　集　部　03-5395-8254
書籍販売部　03-5395-8116
業　務　部　03-5395-8125
URL　光　文　社　https://www.kobunsha.com/

組　版　萩原印刷
印刷所　萩原印刷
製本所　ナショナル製本

落丁・乱丁本は業務部へご連絡くだされば、お取り替えいたします。

ISBN978-4-334-91538-4